叠　爱

This Uncertain Love

成口地铁◎著

吉林出版集团有限责任公司

图书在版编目（CIP）数据
叠爱 / 成口地铁著 . -- 长春 : 吉林出版集团有限责任公司 ,2012.10
ISBN 978-7-5534-0627-5
Ⅰ . ①叠… Ⅱ . ①成… Ⅲ . ①长篇小说－中国－当代 Ⅳ . ① I247.5
中国版本图书馆 CIP 数据核字 (2012) 第 231282 号

叠爱
DIE AI
成口地铁　著

策　划：大龙树（厦门）文化传媒有限公司
责任编辑：李婷婷
责任校对：左丹冰
整体设计：陈氏设计室 chen-design.com
开　本：880 mm x1230mm　1 /32
字　数：140 千字
印　张：8.5
版　次：2012 年 10 月第 1 版，10 月第 1 次印刷。
印　次：2012 年 10 月第 1 次印刷
出　版：吉林出版集团有限责任公司
发　行：吉林出版集团有限责任公司
地　址：长春市人民大街 4646 号
邮编：130021
印　刷：厦门市金玺彩印有限公司

ISBN 978-7-5534-0627-5
定价：29.80 元

献给所有从分手中成长的人们

To the people who grow up from past love affairs

目 录

第一章
两个，不是相吸就是互斥吗

关于“两个”。有人说，生活是单数，人本身也是孤独的，结伴群居只是人们对单一形式的一种组合。其实，生活是不能被定义的，或者说是经常被更改定义的。同一个人看待同样的一个东西都会因为心情差异而出现多种判断。面对两个被摆放在一起的东西，有可能是相吸的，也有可能是互斥的，还可能是一个系列中的两个组成部分。与其在这样的不确定性中左右更改，不如由始至终就以“个数”进行定义。可是，这样的“两个”的称呼，是妥当的吗？或者说是真的在一切不定性之中最为稳定的表述吗？

洗洗干净，窝在被窝里，闻着发香。亮一盏25瓦的床灯，让房间里的光影安静下来。让我来给你们说个故事吧，一个与两个女人有关的故事。她们是情敌，也是闺蜜；她们恨对方，也爱对方；她们一起睡过，也一起和别人共枕过；她们曾形影不离，也曾相隔两方；她们都信命，也都曾想逃离这样的命运；她们是双胞胎。这故事是她们两个的，等故事完结的时候估摸也是天微微亮的时候，到时候我会为你关了灯，说声晚安的。

"天啊，这简直是我喝过最棒的爱尔兰咖啡了！"咖啡厅里邻近阳台那桌一个清亮的女声响起。

"不错吧。我每天下午都要来这样一杯，不然我都觉得生命苍白了！"同桌的另一个女声应和着。

"哎呀，你老幸福的了，你就是典型的白富美呀！"那个女人一边吹捧，一边小口地嘬着那杯爱尔兰咖啡，"这个咖啡真是做得太好了！里面的那个伏特加啊，量加得刚刚好！我喝咖啡很挑剔的，很少遇到这么投缘的咖啡，真应该叫那个煮咖啡的师傅上来聊聊。"

"哎哟，大小姐，你以为你还是在国外吃米林其还是米林什么的餐厅呀，中文怎么翻译忘记了啦。Anyway，不要老是遇到好的食物就要叫厨师出来见个面哟，不然厨师又被你迷倒了该怎么办？"

话落，两个女人"啊哈哈哈"肆无忌惮地笑了起来。至于笑声，《葫芦兄弟》里的蛇精怎么笑的，她们就是怎么笑的，只是还不如蛇精笑得有气魄罢了。

小月听不下去了，冷冷地瞥了一眼那桌伪名媛贵妇的两个女人，冷笑地抿了下嘴角，哼了一声，收回了目光。两个女人连爱尔兰咖啡里头加的是威士忌还是伏特加都分不清楚，真怀疑她们是不是真的知道什么是米其林，没准她们还以为米其林是如同麦当劳一样的连锁店呢！这年头在厦门装 X 的人真是越来越多了，总以为来了厦门就是小资了，自己要是不说点小资的话题就会死掉了一样。真是委屈了厦门的咖啡店，要承载那么多伪名媛的真切富贵梦，收留着这些有着公主心却是女仆命的人们的每一个空虚得无处可去的下午。

小月懒得再听那些刺耳的对话，换了个姿势，把身体重心从椅子的一侧挪到了另一侧，把目光延伸到了窗外。

这几年厦门的冬天总是早早地来。小月不喜欢冬天，不仅因为这个季节她只能包得像只熊，还因为厦门这里冷得半死仍旧看不到雪的影子。她厌恶这样一个冷森森的季节。窝在沙发椅里的她捧着热巧克力牛奶，一直时不时地瞄手机，等待着阿哲的信息。

然而手机像是中了魔咒，小月越是期待有来电或是短信，它就越是安分地沉默，仿佛生怕即将到来的一场恶斗会把自己掺和进去，所以缄默其口明哲保身，就连往往这个时间段该要来的天气预报都莫名地消失了。小月拿起手机，翻盖、合起、翻盖、合起。突然，她仔细盯着屏幕，扫描着屏幕最上边的一行，确认手机有电、有在服务区、有充足的信号后，仍旧不甘心。会不会是短信延时了？小月琢磨着，打个电话吧。她拨起了电话，不是打给阿哲，而是打给了电话客服。

电话客服的接通速度永远都是瞬间的，当电话那头一个清脆的女声响起“尊敬的客户，欢迎您……”小月立马挂掉了电话，那甜得发腻的声音估计只能讨好男人，而且是不看重内在的男人。小月迅速按回主屏幕，倘若有信息延时的话，这样电话一接通后不久信息便会跳出来，可惜手机屏幕上仍旧是那个傻头傻脑的哆啦A梦。

她现在心情很烦，看到哆啦A梦在那傻呵呵地笑着就觉得更烦了：五短身材，什么都不懂，有什么可欢乐的，而且笑得一脸明天会更好的样子，天真得像个呆子。不过，这样清澈的笑容让她想起了托比。

托比中文名叫什么她想不起来了，好像自己也从未问过托比中文名是什么。不过，当时听到托比这个名字，一下就让小月对这个人有了好感，因为很容易让人想到哈利·波特里的家养小精灵。也正是认识了托比，小月才真正体会到，什么叫人如其名的虚假性。名字的世界里多少如花似玉是丑女，多少威猛才俊是娘炮。不是没人去统计，是没人有脸去统计，这得多损呀。

虽然小月认定托比是个烂人，可是不得不承认他的笑容却是治愈系的，笑起来就让你感觉空气里都充满了水果的香气，笑声就像厦门七月的大海，让你心里某个角落酥麻酥麻的，挺难描述的，没有见过的人是不会明了的。

小月调整了一下坐姿，把手机放回桌上，理了理围巾，把脸埋了下去，呼吸着上面残留的安娜苏的香水味，这种甜甜的香味让小月有了一种久违的幸福感。咖啡厅里回响起了本多ruru的《美丽心情》，这是一首好老的歌了。她在读初中时就听过了，那时托比没出现，阿哲没出现，自己钟情着一个叫黄承维的老师，那时候觉得自己会一直暗恋下去，暗恋着暗恋着就白发染上了鬓角……

“原来爱曾给我美丽心情，像一面深邃的风景，那深爱过他却受伤的心，丰富了人生的记忆……”

细听这首歌的歌词才发现，原来这是在描述被爱伤过的人们的释然。小月之前从没看过歌词，还一直以为这样暖暖的曲风是在讲述刚爱恋上的丝丝情怀呢。不过，她此刻是没办法想象那种被爱伤害之后的释然，因为现在的她正在为她即将拥有的爱情备战呢。

她不理解，自己付出了那么多的爱，哪怕阿哲真的对自己没有爱情的成分，那也应该被感动而选择自己啊。而小星，哪怕是真爱的话，也明明就是不适合而不在选择范围之内的呀。小月一直觉得，他们三个人的关系诚然就应该是一道填空题，而正确答案就是自己，这是唯一的。怎么搞得变成了选择题，而且多出来的选项还是自己的亲妹妹。爱情的自私属性，是不是真的决定了我们必须遇神杀神、遇佛杀佛，就连自己的亲妹妹也逃不出灭杀的范围。

叮叮叮……

短信的声音打破了小月的思考，迅速地翻开手机，一串未存的号码，不过这串号码并不陌生。短信里简单地写着“今晚平安夜，希望你开心快乐，心想事成”，这串号码的主人是托比。有的时候就是会有那么巧合的事情，莫非上天真的在看着人间的一举一动吗？前一秒才回忆起的人，下一秒就发来了信息，这样的巧合总是令人不得不感慨天意。

心想事成，心想事成。多么土的一句话，但是祝福的范围领域却是无穷大的。我想要身体健康，希望你心想事成。我想要变美女，希望你心想事成。我想中彩票，希望你心想事成。我想爱情美满，希望你心想事成。我想你去死，希望你心想事成……

好像跟什么搭配都游刃有余，这充分体现了国人的智慧，简简单单的四个字把所有的祝福都包含了，当然也体现出了国人的贪婪，想要什么都可以，双选多选任意选，更多选择，更多欢笑。

跟托比分开也有几个月了吧，这些日子以来完全没有联络。QQ删了，电话删了，有交集的朋友的活动邀约也都冷处理了。但是，此刻这样突如其来的一条信息把小月对托比的一切记忆又都勾了起来。这个男人是伤害到她的，伤害她的方式不是劈腿偷吃，不是变心不爱了，而是欺骗。男人似乎都爱说这样或那样的谎话，然后自鸣得意地以为女人没发现。其实女人是聪明的，即使是笨女人也有很强很准的第六感，面对一丝丝的不对劲就会立马起疑。面对男人的谎话，不拆穿只是还愿意陪你演下去。只可惜和托比演对手戏的是小月，托比输了，不是输在不够聪明，而是输在小月不够爱他。

“真是的，怎么想着想着又想了那么多了。”小月责备了一下自己，“过去的事情已经都是历史了，不要浪费未来的时间只是用在想没意义的以前。还是给阿哲打个电话好了……”

小月拨起了阿哲的电话。几声嘟声之后，对方接了起来。

小月还没来得及说嗨，就听到阿哲严肃的口气：“我在忙，不好意思。晚点电话你吧。”

“哦，没事，你先忙吧。”小月有点后悔打了这个电话，自己似乎给阿哲一种很不体谅人的感觉，打扰了他的工作。

小月吞了口巧克力牛奶，午后的阳光已经渐渐要扫到她的角落里了，她不喜欢晒到阳光，哪怕是冬日里的暖阳。

她想起夏天的时候，托比总是帮她撑伞，而且伞的阴影总是可以把自己全身都遮到，比自己撑的要好得多。托比还问过她，冬天里你怕晒吗？怕晒的话我冬天也帮你撑伞吧。只是事到如今，托比哪句话是真哪句话是假，小月都已经不会分了。她宁可相信托比全部都是假话，这样她就不会眷恋他的怀抱、他的温度、他的柔情。

倘若托比是真的爱自己的，倘若托比不是这样的身份，倘若托比可以为她抛下一切……

《美丽心情》悠扬的旋律缓缓流淌着，这样的歌曲特别能够勾起回忆的情绪。托比的轮廓在脑海里也越发地清晰，想着想着，小月不由自主地陷入了往事的网里……

托比是今年夏末在THEKEY认识的。THEKEY是厦门的一个酒吧，那天晚上，小月喝了三杯长岛冰茶。在第一杯喝完的时候，跟她一起的女生朋友就起身宣告要回家了。

“不能喝了，不能喝了。不然等下我老公要不爽的。”这个朋友娇嗔着。她叫瑶姬。

瑶姬、妖姬，容易让人联想到一块去。不过瑶姬却不是个妩媚妖娆的女人，而是一个乖巧伶俐的小女子，清丽的长相，不高挑的身高，很容易在人群中被人忽略。瑶姬有一个交往多年的男友，不算帅哥，但是让人感觉挺舒服的，两个人在一起平淡如水但也不失恩爱。

“你老公要来接你吗？还没到，你就再陪陪我吧。”

“他不会来接我，他在家收拾东西，我们明天要去旅游了。”

“什么？去旅游？怎么也没跟我说呀。”小月显然对自己被蒙在鼓里有点不高兴。

“就是去东山过个周末，又不是去哪里游山玩水的，就没说咯。星座运势里说，牧羊女这周应与情人出游，可增进感情。你该不会吃醋吧？”瑶姬伏在小月身边说着。

“哎呀，去吧，去吧。我再喝一杯就回去。不然那么早回去，睡不着更郁闷。”

“那你自己小心哦。我先走咯……”

“快走吧，幸福的小女人。”

看着瑶姬离开的背影，小月不禁暗暗羡慕，这就是女人的幸福吧，有个男友，不用多帅多有钱，但是有一颗对自己体贴关怀的心，明天的美好两个人一起努力奋斗。一年，十年，三十年，慢慢地老去，日子回数起来满满的都是相濡以沫，相互扶持。不过，这样的幸福是需要运气的，很多人都只有在一旁羡慕的份儿了。想到这些，小月朝酒保招了招手，示意再来一杯长岛冰茶。

第二杯喝完的时候，小月认识了托比，她现在还记得托比笑起来那一排洁白的牙齿。

“嗨，这个位置有人吗？介意我坐在这里吗？”

小月笑着点点头，示意这个陌生的男子可以坐下。

“啊？有人啊？那不好意思……”小月的点头在托比看来是表示这个位置有人，便准备退后。

“没事的，这没人的，我是说你可以坐。”

“哦。哈哈。”托比笑了起来，这是小月第一次看到托比笑起来雪白的牙齿。在昏暗的酒吧灯光下，这样雪白的牙齿，仿佛是一个个小的日光灯，闪闪地发着光。

“你喝长岛冰茶呀？”托比问。

“是啊，比较好喝。”

“不过这个酒在调酒中算是很浓的了，混合了好多种酒的。”

“哦？我只知道里头有可乐。哈哈。”

“你没听过，如果在酒吧里有一个陌生男士打算请你喝杯长岛冰茶，你就需要怀疑他和你搭讪的动机吗？”

“哦？”小月觉得这个话还挺值得揣测的。

“不信的话……我可以请你喝杯长岛冰茶吗？”

“啊？”小月小惊了一下，不过立马反应过来，腼腆地笑了起来。她观察着眼前的这个男子，干净的脸庞，没有邋遢的胡碴，修剪得平直的鬓角，认真打理过的头发，修长的下巴……

托比见小月没有拒绝，便招手叫来了酒保：“再来两杯长岛冰茶。谢谢。”

第三杯喝完的时候，她和托比出了THEKEY，在海湾公园里接吻了。如果那天晚上托比要带她回家，在酒精的催化下她估计自己也不会拒绝的。但是托比没有提出这样的要求，而是绅士地把她送回了家。也就是因为这样的举动，让她觉得托比跟别的男人不一样。

那天晚上，托比把小月送回了家，小月刚进家门托比的信息就来了，“早点洗洗睡，洗完记得跟我说晚安喔。”

真是让人觉得温暖的一个男子，莫非是老天见怜，把阿哲带走了，送来了个托比作为补偿，而且托比要比阿哲体贴关怀好几倍。虽然自己对托比的喜欢并没有很多，不过享受托比对自己的柔情蜜意的确是一种福气。想想当时如果目光交汇时，自己没有莞尔一笑，会不会这段艳遇就不存在了？真是想想都神奇，缘分果然妙不可言。现阶段一定要低调低调再低调，免得上苍妒忌，把托比收回去。这种萌芽似的小暧昧，最怕立马遭人非议从而胎死腹中。所以，在感情尚未步入正轨之前千万不能让身边朋友见到，免得再像阿哲那样给人抢了去。

小月边洗澡边回味着刚刚所发生的一切，他的发梢、他的脸颊、他的手掌，他的嘴唇。她还想继续往下回味，可惜事情只发展到接吻而已，没有给她继续回味的空间，只好作罢……

小月洗完澡回到房间，瞬间从洗澡时热气腾腾的状态进入到了冰冷清新的环境里。空调的温度让人忘记了此刻户外的炎热，小月喜欢把空调的温度设置到最低，再盖上暖暖的被子。小星说，这是一种缺乏安全感的体现。小月却不以为然，她就是喜欢这样的感觉，一旦是她喜欢上的，没有人能够改变。

小月看到手机里有一条未读的信息，是托比发来的。她没有立马打开看，而是以最快的速度换了睡衣，拍了爽肤水，涂了乳液，蜷进了被窝。知道这一条未读信息肯定是温暖的内容，她才不要在冷冷的状态下读这个信息呢，丝毫意境也没有。她要这样躲在被窝里，把灯关了，枕着枕头，闻着乳液的香味，慢慢地打开手机，让手机的微光充满整个房间。

“傻瓜，还没洗好呀，要不要我帮忙呀？”托比的短信跳了出来。

小月哼了一声，咬着嘴唇笑了笑。“你好流氓呀。”

“男人不坏，女人不爱。”

小月又笑了：“讨厌，人家要睡了啦。”

小月发了信息，又翻回托比发来的那条“男人不坏，女人不爱”的信息看着。怎么现在还有人说那么土的台词呀。唉，跟他的样子一点都不搭，还是他就是个土人呢。小月边盯着信息边想着。

又一个信息跳了出来，“嗯，你这个周末有空吗，一起吃饭好吗？”

这是约会邀请呀，小月心砰砰砰的，好久没有这样的感觉了，女人果然是需要被疼爱的，无论疼爱她的是不是她所爱的男子。就如同花总是要浇水的，而用矿泉水、雨水，还是自来水灌溉就是后话了。

“考虑看看，有什么好吃的呢？”小月其实是很想直接答应的。不过历史告诉女人，要抓住男人的上乘之道就是让他求而不得，只有这样女人才会成为分子被万千宠爱，而那些对男人掏心掏肺的女人早就成为分母了，不仅被摆在下层，两者之间还摆了个分线做隔离。

“吃牛排吧，怎么样？”

“再说吧。我要睡了，晚安啦。”

“好的，那我再想想有什么好吃的。等我电话吧，晚安。”

小月合上了眼睛，幸福之余，淡淡地忧伤了一下。这样的夜里，阿哲不知道在做什么。如果他知道有托比的存在，知道托比对自己的追求，他会不会有点小介意呢？如果阿哲能有托比的一半就好了：喜欢自己的程度一半，体贴的程度一半，关怀的程度一半，那她就会死心塌地留在阿哲身边，哪怕出现十几个托比也只是浮云。

可是一半就真的可以吗？是不是一半的汉堡依旧是汉堡，一半的人生也是人生，所以一半的快乐依旧是快乐。还是一半的爱恋是单恋，一半的圆就是弧线，只有一半的快乐早已经不是快乐了。这之间的关系要如何换算，爱情到底是物理学的金钱加外貌加才华加其他一系列的东西？还是化学领域的没感觉就是没感觉，成分不一样就是没法有反应？

如果完美只是一种贪婪的奢侈，是不是每个人生活里丑陋的残缺才是真实的样子？用自己的前半生去寻找另一个人的后半生，迁就、礼让、换位思考这些种种荆棘，让你削掉一半原本的自己之后，找到愿意和你在一起走完下半生的那个人，你们就算一体的了吗？还是依旧只是两个，还是各自不完整的两个。

周末，托比在小月家的楼下等着，就是等着。没有狗血剧情中拿着玫瑰或是抱把吉他，这年头已经不怎么兴这套把戏了。

小月出现了，就是漂亮地出现了。也没有狗血剧情里的一阵风吹起她飘逸的长裙和长发，迷离了她的眼眸。她漂亮得合情合理，GUCCI 的 ENVYME，GUESS 的包包，欧时力的洋装，思加图的高跟鞋。没有富二代的那种全身一线名牌的耀眼，但也都是专柜货的层次，得体却不招摇。

“呵呵，久等了呀。”小月笑着开了口。

“不会啊，是我提早到的。”

“那我们现在要去哪里吃饭呢？”

“先上车吧。”托比指了指停在远处的一辆小车，“外头太闷热，上车开了冷气慢慢想吧。”

“哦，你开车了？”小月顺着托比手指的方向望去，一辆 MINI 停在不远处，开这款车应该还是有点小钱的。胡椒白色的款式显得特别可爱，比起基本的红色款来得讨人喜欢。不过，一个大男人开个这样的颜色的车还是让人觉得有些奇怪，因为这样的颜色总是脱离不了那么一点“娘”。

小月转头看了看托比，“那你开车了，为什么不直接在车上等我就好了呢？站着多累人。”

“站着等是基本的诚意。”托比笑了笑，又是那个暖暖的笑容，还有白得醒目的牙齿。

“你这样的诚意不会是为了要打动我吧。”

“怎么可能，当然不是了。”托比摆出一副假正经的态度，“我又不是来相亲的。”

小月低着头，抿着嘴笑了下，没有接话。

“是为了要感动你。”托比凑在小月的耳边轻轻地说。

小月哑口无言，带着又好气又好笑的那种哑口无言。

“哈哈。快上车吧。”托比帮小月开了车门。

“嗯。”这是第一次一个心仪的男人帮小月开车门。原来被服侍的感觉是这样的，小小的开心、小小的得意，觉得自己真的像个公主，被捧在手心宠着。

“去哪里吃呢，是西堤还是华侨海景城那里呢？”托比踩下了油门，打起了方向盘。

“西堤吧。”两者相比下，小月选了个比较浪漫的地方，吃完了还可以去湖边走走。

“好啊，那我们吃三摩地吧？”

“啊？吃素？也行啊。”三摩地是西堤一家挺出名的素食餐厅，东西也算得上精细。有一人一锅的小火锅，也有各色的凉菜主食，基本每个菜都有个带肉的名字。不过小月对此并非很有感觉，她不懂既然素菜要做得那么像肉为什么不直接吃肉得了。想吃素就一心一意吃蔬菜好了，何必弄那么多噱头。

“呵呵。我很喜欢吃素菜。”托比说道。

“哦？为什么呢？很少见男生喜欢吃素啊。”

“因为吃素积德呀。”托比看似认真地回答着。

“哦，是哟。”小月此刻有点摸不着头脑，分不清托比哪句是玩笑而哪句又是认真。“那你平时也都吃素吗？”小月顺着托比，继续这话题。

“不是啊，我也吃肉的。不然昨晚怎么会约你吃牛排。”

“对哦，也是哦。”小月无语自己怎么会问出那么白痴的问题。

“是啊，我就是一周选一天吃素而已。”托比回头看了小月一眼，笑了笑说，“我有个东西要给你。”

“哦？什么东西？”

托比递了一个盒子给小月，“喜欢吗？”

小月接过来看了下，一小瓶香水，巴宝莉的。没想到托比还挺会哄女生的，还给自己准备了礼物，可是，为什么会有礼物呢？

“还不错。为什么会突然给我礼物呢，今天是我生日吗？”小月好奇地问。

“哈哈。是不是你生日要问我呀？你是我生的吗？要不要叫爸爸？哈哈哈……”托比大笑。

“讨厌！！！”小月捶了托比一拳。

“好啦，别生气了啦。其实是我生日。”托比轻轻摸摸小月的头说着。

“啊？那你怎么不早说呢？”小月着急了一下，赶忙想着包包里有什么可以拿出来送人的东西，然后跳进脑子里的都是些唇蜜、睫毛膏、眼影、护手霜之类的，可这些跟托比完全不搭呀。

“你怎么那么好骗呢？”托比又大笑了起来，爽朗的笑声充满了整个车厢。

“哼！！！”小月带着点傲娇的不满，“下车前不要跟我说话了！”

托比没理睬小月，继续开车。

“你是听到没有啊，不要跟我说话了。人家生气了！”小月看他没有表态，追问着。

托比面无表情地扫了小月一眼，继续驾驶车子前行，世界在他们的身边一路往后退。

“咦，你不会生气了吧？”小月纳闷了，怎么托比变脸比翻书还快呢。前一秒还耍着他那屁点小聪明逗着自己，这一秒就严肃得像自己的高中数学老师。

托比还是不言不语，把嘴巴憋成一种奇怪的横S形状，然后目视着前方。

“你没事吧，来，说句话嘛？”小月口气变得略显讨好。

“你不是说下车前不要跟你说话的吗？”托比就等小月说这句话了。“啦啦啦，怎么又要我说话了呢？”托比得意得像个孩子，而且是小学里动不动就被老师叫到教室后边去罚站的那种使坏的小孩子。

“……”小月没接上话。因为她在想有什么话可以一鸣惊人，震死托比，从而挽回局面，让天秤重新往自己这里倾斜。结果想着想着，没有想到，又错失了接话的最佳时机，所以不如不说了。

“我送你香水呢，就是看到它的时候觉得你应该会喜欢，就买给你了。”托比继续绕回刚刚的话题。

“是嘛？那如果我不喜欢怎么办呢？”

“你不喜欢也没事啊。我想送你东西，如果你收到是喜欢的话呢，就是两个人高兴。如果你不喜欢，那也只是你不高兴，我还是高兴的，因为我把想送你的东西送给你了。”

“啊？你这是什么理论呀。”虽然托比说得有些绕，不过小月还是听懂了。

这让小月想起之前自己跟阿哲的关系。我喜欢你、你喜欢我自然是好的，这样你一份喜欢，我一份喜欢，一共是两份。如果你不喜欢我的话，我就多喜欢你一倍，这样喜欢的总量也是两份，似乎就可以把单恋幻想成双恋了。只不过这样的无私，又有几个人可以做到呢？如果你愿意做我的金岳霖，我也不愿做你的林徽因。别再苦苦怨叹曾经沧海难为水了。还是对自己好点吧，毋须烦恼，终有弱水替沧海。

“不可以吗？我乐意啊。千金难买我乐意……意……意……”托比拖着尾音，真是个顽皮的大男孩。

“不想和你争，快点开吧。不然到了要排队就郁闷了。”小月不想继续这个话题，怕自己又陷入对阿哲的回忆里。

眼前这个人，才是自己应该珍惜的。哪怕他只有 70 分，可是 70

分的人已经够资格跟自己在一起了。很多女生都想找一个完美的对象来欣赏不完美的自己。可要去哪里找到满分的人呢？真的有满分的男人，倘若他一变心的话，之前的满分就只会是更伤人的数字。

到了三摩地，两个人吃着火锅，聊着最近新上映的电影，都看了什么书，某某某明星的八卦。小月发现托比有些方面俗气是俗气了点，比如不懂柴可夫斯基，不知道杜甫是谁，不晓得金融专业只是经济系的一个部分，还以为金融是和经济并驾齐驱的一个概念。不过，当下的新电影他倒是一部都没落下，用得比较多的也是杰尼亚和万宝龙，不会像大多数年轻人崇尚 LV 和 GUCCI 这种满大街 LOGO 的牌子。玩乐消遣方面，他也是杜尚、路易 ONE、THEKEY 的常客。

总之他是一个复杂体，小月心里这样总结着。不过，只有复杂才能证明他是这个时代的产物，不是吗？

一顿饭的时间，很快就过去了。托比买了单，两个人从三摩地出来。天色已经深了，厦门的夏天，如果没有下雨的话，一般都是 7 点之后才开始渐渐暗下去。这时候的气温较为宜人，很多人会喜欢在夏夜的湖畔散步或是赏夜景。"现在去哪里呢？"托比问小月。

"不知道，你说呢？"

"那就去马可波罗酒店里的商场逛逛，看看你有什么喜欢的，我买给你吧？"

"不要了吧，我没什么想买的。"马可波罗酒店里的牌子都是国际一线，能在那消费的可都是不差钱的人。托比这么有钱，估计是个富二代什么的吧，交往到这样的一个人真不错。虽然小月不把金钱物质列在择偶标准的首位，但是有个有钱的男友没有人会不开心的吧，至少生活的层次一下就跟原本的不一样了。不过此刻小月的确不想去马可波罗酒店里购物，这样会显得第一次约会太肤浅了，太不浪漫了。再说，第一次约会就收人家一个几千的包包什么的，即使托比觉得很正常，小月也是不敢的。她没有这样的习惯，也不想开这样的头。

“那我们走走？”托比继续提议着。

“好啊。”

“车子在右边，我们就往左边走吧。”

小月会意地点了点头，舒展地笑了起来。

托比和小月两个人沿着西堤咖啡一条街走着，沿路一阵阵的浓郁咖啡香让人觉得惬意。筼筜湖对岸的灯火阑珊，与红红绿绿倒影在湖面上的波光交相呼应，也成一景。

“你热吗？”托比关心地问着。

“还行。”

“那我们坐一会儿？”

“坐哪里呢？”

“就坐湖堤吧，还是你想找个店喝咖啡？”

“就湖堤吧，吹吹风挺好的。”小月应着。

两个人坐在湖堤上，托比的脚靠着小月的脚，时而看看小月，时而看看湖面。两个人明明昨晚已经接吻过了，托比这时候却不知在胆怯紧张些什么。托比用鞋踢了踢小月的鞋子，腿靠着小月的腿旁，看了看小月，笑了一下。

“怎么啦？”小月看着托比。

“没。”托比低着头继续小幅度地踢着小月的鞋侧。“那个……这样牵着你可以吗？”托比边说话边把手放到小月的衣服口袋里抓住了小月插在口袋里的手。

小月低着头，感觉到全身的毛孔瞬间都张开了，背后先是发凉了下而后立马发热且一直热到耳根，她知道她脸红了。托比看到小月默许了，就把小月的手从衣服口袋里抽出来，放到了自己的腿上，然后两手十指交扣。

“你有什么喜欢的歌吗？”托比轻声问道。

“啊？”小月注意力都在手上，一时间没听清。

“你有什么喜欢的歌吗？”托比重复了一遍。

“有啊。”小月心想，谁没有喜欢的歌呢，会问出这样的问题，估计托比是紧张得不知道说些什么好了。

“你都喜欢谁的歌呢？”

“很多咯，梁静茹、孙燕姿、莫文蔚……怎么啦？”小月不懂托比葫芦里卖的什么药。

“你喜欢孙燕姿什么歌呢？”

“喜欢什么歌哦。”小月思考着，从十几首喜欢的歌里要说出一个歌名实在是需要时间选择的，“喜欢《遇见》。”

其实小月最喜欢的并不是《遇见》，她也分不出最喜欢孙燕姿的哪首歌，最开始喜欢《开始懂了》，后来迷上《星期一天气晴我离开你》，再后来为《同类》而痴狂。每个人都应该一样的吧，在不同的阶段遇到不同的歌，如同在不同的阶段爱上不同的人。那个歌正好唱着当时的自己，仿佛是为自己而写的。赤裸裸地把你的伤疤摊开在你面前，告诉你自己，你在难过什么，你有多可怜，这首歌有多懂你。世界有时候真的孤独得很需要另一个同类。小月说《遇见》，大半是因为这个歌里的歌词很符合小月此刻的心境，“我遇见你是最美丽的意外”。这也是她想告诉托比，却一直没有适当时机说的话。可是当时的她不会想到，这首歌会在几个季节之后成为她最怕听到的一首歌。

“我吹《遇见》给你听吧？”托比笑着说。

“吹？吹口哨？”小月不相信自己的耳朵。

“是啊。想听吗？”

“喔。好呀。”小月觉得托比真挺有意思的，会吹口哨的男子在小月看来特别有范儿。

托比吹起了口哨，抑扬顿挫此起彼伏，伴着旋律把小月揽入怀中。整个夜色都变得柔美起来，就连风似乎都略显娇媚了。也许爱情并不是多深沉难懂的奥义，简单地与地点、人物、环境有关，恍惚是一杯甜酒，自饮自醉足矣。

叮叮叮……

托比的手机突然响起，划破了这片静谧。托比拿出手机看了下，对小月说：“我接个电话，你等我一下。”

小月点了点头。

托比拿起手机走到远处接起了电话，这个远处有五六十米的距离。小月理了理头发，拨了拨刘海，呵了口气，闻了闻自己有没有口臭。按照刚刚的进程发展，下一步就是接吻了，小月趁着这个机会正好检查一下自己有什么不够完美的地方。

五分钟过去了，托比还在讲电话，小月无聊地玩起了手机。十分钟过去了，托比还在打电话，小月的游戏都已经死了三次了，她已经有点不想再玩下去了。她望向托比，朝托比笑了笑。托比也看着她，边讲电话边朝她点了点头，比划了一个 OK 的手势，示意快要结束了。小月转回头看着湖面的风景，她不想催促托比，因为没准托比是有重要事情在商议呢，她应该显得通情达理些。没多久之后，托比打完了电话，小跑着回到小月身边。

"不好意思啦，说的时间比较长。"托比带着歉意说。

"没事。"

托比正准备牵起小月的手，手机又响起来了。托比看了一眼手机，一边握住了小月的手，一边掏出了手机。这次他没有走开，而是在小月面前直接就接了起来。

"什么事啊？……怎么不早通知呢……都有谁啊？……我还有事呢……这样啊，我这边还一个朋友呢……好吧，好吧。那你把包厢号发给我吧。"托比对着电话，一言一语的说着。

小月听到"朋友"这个词，心微微寒了一下，有点失望，有点伤心，有点郁闷。小月的期望值不只是"朋友"这个定义的阶段。不过，仔细想想他们两个人现阶段关系也只能用朋友来定义。总不可能对别人说，我和一个暧昧对象在一起吧，这也太古怪了。想到这，她宽慰了不少。

"嗯。那就先这样吧，拜拜。"托比这次很快地就结束了通话，转头对小月说，"你等会儿还有事情吗？"

“没有啊，怎么了？”

“哦，刚才一个朋友来电话说他女朋友生日，约晚上一起去唱K，你要不要一起去呢？”

“不要了吧，你的朋友我都不认识啊。”小月推辞。

“没事啊，你认识我不就好了。”

“不了吧，都不熟的，很尴尬的。”

“怎么会呢，他们都很有意思的。”

“很多人吗？”小月迟疑了下。

“还行，六七个人吧。”托比估算着。

“哎呀，还是算了吧。你去咯，我就回家好了。”小月听到那么多人，原本的迟疑又退回放弃了。

“去嘛，如果你怕无聊，我就陪着你。你要是觉得尴尬，我就整个晚上都坐在你旁边跟你聊天，不理别人，这样你也就不闷了。”

“可是人很多啊……”小月终于说出了她的纠结点。

“人不多呀。”托比试图说服小月，“如果你去了，觉得人多不习惯的话，那你可以随时走咯，我就送你回家。怎么样？”

不得不说托比的游说功夫真是很到家，小月被说得不去都不好意思了。而且，托比愿意把自己带入到他的生活圈子里，也是对自己的一种认可，反正如果两个人真的交往了，他的那些朋友也是迟早要认识的，干脆择日不如撞日好了。小月沉思着。

“怎么样呢？去吧，去吧。到了那儿，你想听什么歌，我就唱给你听，好不好？”托比继续哄着小月。

“唉，好啦，受不了你。”小月答应了。

“哈哈，不许反悔哦。”托比说服成功了，自然喜不自胜。男人都是喜欢征服的，从古至今都是。

征服野兽，征服自然，征服世界，征服女人。男人是辛苦的，他们要通过征服整个世界从而征服一个女人，而女人往往是通过征服一个男人就征服了整个世界。男人享受获得，女人享受摆布。当男人和女人打算开始相爱的时候，男人假装不在乎得到，女人假装不喜欢摆布。当男人和女人分开的时候，是因为男人从这个女人身上得不到更多的了，而女人在这个男人身上无从摆布了。于是两个人谢幕，离开彼此的世界。

托比带着小月来到了KTV，这个时候的KTV已经是人满为患了，似乎除了这里，厦门人民晚上没有别的娱乐场所可以去了。之前，小月很少出入酒吧、KTV这类的场合。是因为阿哲带给她的负面情绪，她才开始玩起了夜场用来消愁。她还记得自己曾为第一次去酒吧不知道该穿什么合适而特别跑去采购了一番，打扮了好久才忐忑不安地踏进了酒吧的门。这个“之前”其实只是几个月以前，之后会是怎么样，是继续在酒吧里沉沦呢，还是疗伤好了再做回那个乖乖女的自己。小月没有想过，也不愿去想。想了又能怎样呢，人生的轨迹不是你预计了它就会往那个方向伸展的。而且她现在遇到了托比，她想把自己世界里的一个半岛交付给托比，让托比主宰自己一部分的人生。反正就这些年看来，自己把自己的人生处理得也不怎么尽如人意，不如就随意些，说不定会有不同的风景令自己惊喜。

小月被托比牵着进了包厢，一进包厢立刻变得暖和了，外头跟室内的温差真是很大。

角落里的一个女生叫了起来，“哎呀，邱小星，你这个小贱人，不是去北京还是上海什么的进修了吗，怎么跑到这里了？”

小月闻声望去，一个自己不认识的女生，看起来要比自己年轻个几岁，烫着蓬松的短发，黑色无框眼镜，涂鸦大图标的简单T恤，一边朝自己叫嚷着，一边仰头喝酒。一饮而尽之后，她立马起身绕到了小月的身边。

“都给本小姐让让，让一下听到没有呀，再不挪过去我就坐你腿上了呀。”

众人听到都为她移了移，就连小月也往托比身上靠得更近了些。只见这个女生，一把挽住了小月的手臂，嚷嚷地说着，“哎哟，我的好姐姐，你没事吧，怎么搞得那么淑女啊。生病烧坏了脑子转型了吗？”一边说着，一边用手在桌子上寻找着干净的杯子，准备帮小月倒酒。

“我……”小月刚准备开口就被打断了。

“行了行了，别说了，啊哈哈……”这样短短的几句话下来，桌上已经斟满了两杯酒，纯的蓝带，两杯满满的，满得无论你怎么端都会流出来一些的程度。“来，小星姐。干了这杯！干了，我就当没看到你，也保证不会和阿哲说你出来玩的事情。”

小月很快就清楚了，这个女生认识的是自己的妹妹，也通过自己的妹妹认识了阿哲，由于双胞胎的关系把小月跟小星给弄混了。刚刚听到阿哲的名字时，自己心依旧是紧了一下。唉，这种放不下到底什么时候才是个尽头呢……对了，托比不知道自己还有个双胞胎妹妹，不知道托比会有什么反应。于是小月转头看了下托比，托比一脸困惑的样子，看着刚刚发生的一切，摸不着头脑，猜不透是怎么个来龙去脉。

托比困惑地在小月耳边问，“怎么回事啊？你有两个名字啊？你也认识莫莫呀？”

小月朝托比摇摇头。“我……”小月正打算跟托比解释，莫莫又打断了她的话。

“你们两个人别在那儿嘀咕着悄悄话啊。快把酒喝了，不喝就是不给我面子哟。”

“你弄错了，我不是小星。”小月笑着向那个托比口中叫莫莫的女生解释着。

“哦，是是是，你不是小星。我喝多了，我看错了。你还在外地怎么可能出现在厦门呢？是吧？”莫莫继续笑闹着“你把这杯喝了，你是谁都可以，你是莫莫，我是小星，行了吧。”莫莫边说边把杯子往小月的嘴边递。

“我真的不是小星。我是她的双胞胎姐姐。”小月接过了酒杯，又把酒杯摆回了桌上。“你真的弄错了，我们是很像的，很多人都一下子会弄混了。”

“喔？是吗？”莫莫将信将疑，将脸凑到小月的跟前，两颗黑豆般的眼珠透过无框的眼镜，像扫描仪似的把小月的脸由上至下地仔细打量了一番。“那阿哲呢？他没跟你出来吗？”她不甘心继续试探着。

“阿哲是小星的男友，怎么会跟我出来呢？”小月这话一出口，才发现自己的心里猛地酸了一下，酸得仿佛时空都静止了，要用力呼吸才能够缓解这个酸楚的程度，可是空气却如此稀薄。她发现自己心里终究是放不下阿哲的，没想到亲口承认阿哲不属于自己是那么伤心的事情。音乐继续喧哗着，她的悲伤无人察觉，就连在她身后让她依偎着的托比也是个局外人。

“你真的不是小星呀。天啊，你们真的好像啊。”莫莫这时才罢休，惊讶着小星与小月极其相似的外表。

“是啊。双胞胎怎么能不像呢？”小月客套地应和着，心里却是怨恨着自己有个双胞胎妹妹的事实。

“好吧。那这杯谁喝呢？”莫莫指了指桌上的酒。

“好了，好了，我来喝吧。”托比把杯子举了起来，“就当我正好给你们介绍一下，这是小月。”

“你可以不可以啊？这杯是纯的呀。”小月担心托比的酒量。

“哎哟，给我们介绍一下呀。这是介绍女朋友呢，还是介绍姘头呢？”莫莫又开始口无遮拦地起哄了，“你别担心啦，我还没看托比倒过呢，他酒量是这里最好的。”

小月看了看托比，托比把嘴凑在她耳边说，“没事，一点点而已。我没事的啦，放心哈。”一个抬头，酒尽。

“你这杯算是替小月喝的，你还没跟今天的寿星喝呢。”

“是是是，是要跟寿星喝。祝我们的莫莫大小姐16岁生日快乐。”托比逗趣着。

“哎哟哟，你这个死样。去年明明才13的，怎么今年就16了。罚酒！”莫莫又是叫嚷着。

小月仔细端详了下莫莫，这个女生如果拿掉大黑框眼镜的话，五官甚是清秀，皮肤也细嫩，特别是有张灵巧的小嘴，这张小嘴一动一动的，闪着红蜜的珠光色，让男人有想吻上去的冲动，让女人想问她用的是什么牌子的唇彩。

“好好好，等下再罚吧。先让小月跟你喝。”托比拍了拍小月的背，暗示小月上去敬酒。小月的手才刚刚碰到杯子，莫莫就又发声了。

“靠，你当老娘我喝多了啊，你们这样一个个敬要我死是吧。我可是要你跟小月一起敬我才喝的，少一个本小姐我可都不赏脸的呢。”莫莫一得瑟起来真是没人能有什么办法，托比只好顺着这个外表观音、内心白骨精的女人。

“好好好，那我们一起，一起可以了吧？大小姐。”托比也一起举起了酒杯。

“好吧，给你们面子咯。哈哈哈。”莫莫、小月、托比三个人干掉了杯里的酒。这样一个生日宴的晚上也算是正式开始了。小月其实不是很能融入这样一个太多陌生人的场合，不过好在托比说到做到，整个晚上都陪在小月身边。

散场后，托比把车寄在了KTV的停车场里，打的士送小月回家。在的士上，托比问小月：“原来你还有个双胞胎妹妹呀，都没听你提过呀。”

“你才认识我几天而已，我干嘛和你提啊？”

“啊，我们不是前世已经见过了吗？今生是再续前缘，怎么说我们才认识几天而已呢？”托比故作惊讶状。

“死开喔，不跟你开这种玩笑。”小月甩开原本和托比牵着的手，算是教训了一下托比。

“好啦好啦，小的下回不敢了。”

“笨笨的……”小月又甜蜜地牵起了托比的手。

晚上的的士似乎总是开得特别快，不知道是因为深夜路上没什么车子在跑，路况总体良好，还是因为爱因斯坦的相对论，和喜欢的人在一起时间总是过得相对地快。一会儿的时间就到了小月家楼下，托比付了钱，随小月一起下了车。

“好了，你快回去吧。到家给我信息。”小月带着困意和托比道别。

“对不起。”托比突然冒出来这么一句。

“啊？对不起什么？”小月莫名。

“对不起，我只是跟我朋友们说你是我的朋友，而没有说你是我女朋友。”托比拉着小月的手，诚挚地说。“因为我觉得我还没有问你愿意不愿意跟我交往，就直接说你是我女朋友，对你不够尊重。”

“没关系。”

“你没不开心就好了。”

“没有不开心啊。我也觉得我们应该多了解了解，多相处相处。”小月简单笑了笑。

“你真好。”托比注视着小月，女人通情达理的时候总是对男人有种致命的吸引力。

“好啦，你快回去吧。我要上楼了，很晚了，到家给我信息吧。”

“嗯，拜拜。”托比挥了挥手。

小月转身走进大楼里。

第二章
爱情是魔方，我们在里面迷失

每个人的爱情里都有一个魔方，玩久了，连哪一面才是真实的自己都忘记了，而魔方本身更是被肢解得不堪入目，这是大部分人经历爱情后的定律。所以，有时候我们抱住对方，痛哭流涕地说着，对不起，我也不知道为什么我会变成这样。这其实不是托词而是真话。

我们都在爱情里迷失了，久而久之，我们不知道自己到底是谁，也不知道自己究竟想要什么。当我们遇到一个中意的人，我们多想自己可以像张白纸一样在他面前，把初恋献给他。让自己简单化，让爱情简单化，也让幸福简单化。只可惜，我们不可能做到，若不是在感情里跋山涉水历经风雨，我们何尝能迎来这一刻。就像吃鱼子酱，之前自己对这个菜没有好感，但是来到一家环境优美的餐厅，知名主厨向你力荐这里的鱼子酱，你是坚持无论怎么烹饪，鱼子酱也绝对不是自己要的菜呢，还是给他一次机会，静下心来尝试？如果这是第一次吃鱼子酱，你必然是点头答应。就是因为之前失败的经历让你踌躇为难，所以，感情史也就像是双刃剑，教会了你分辨善恶，懂得珍惜，却也带着磨灭不掉的印记左右着你在现阶段感情里的掌舵航行。

“我洗好了，晚安。”小月从浴室出来，给托比发着信息。

“嗯，晚安。”托比回得很快。

小月突然意识到，自己到家了，却不知道托比到家了没有。从相识到现在都是一味地让托比对自己嘘寒问暖，自己不曾对托比有所关心，想想有些许愧疚。另一方面，她还不困，她还想听听托比的声音，才分开一小会儿便开始有所怀念。于是，她拨起了托比的电话。

“对不起，您拨打的电话已关机……”

关机？！前一秒才发了信息，这一秒就关机了？小月困惑。这是怎么回事啊，现在的她是无心睡觉了，特别想找人说说话。起身去冰箱里拿了个面膜，她暗暗想着，一个面膜的时间过后，托比肯定可以到家了吧。

小月敷上了面膜，摆弄着手机，找出了瑶姬的电话，拨了过去。

“喂……”电话那头，一个懒洋洋的声音。

“你还没睡啊。东山玩得愉快吗？”

“就那样呗，我正在床上刷微博呢。”

“你那边听什么歌啊？我跟你说个事情，你把音乐关了，太吵了。”

“晕！那是巴赫的《圣母颂》，不懂了吧。我看你是心乱吧，巴赫都觉得吵。”

“关不关？不关我不和你说了。”

“哦，那你明天再说咯……”瑶姬故意逗着小月。

“喂！你怎么那么讨厌呀！”

“嘿嘿，快说吧。你怎么了？”

“事情是这样的……”小月清了清嗓子，“上周我们不是在THEKEY吗，你提前走了还记得吧。你走了之后呢，我遇到了一个男的跟我搭讪。”

“帅吗？”瑶姬插着话，“不帅，就不想听了。”

“你好直接啊……”小月思量着，“这怎么说呢，算帅吗？其实还好吧，就是那种宽厚肩膀，手指干净而修长，笑声像大海，眼神里有光的男生。”

“恭喜你，你爱上他了！”瑶姬在电话那头兴奋地叫着，“你终于走出阿哲的阴影了！虽然时间有点长，不过终究是走出来了！”

“你别乱说好吗，我和他的关系是朋友而已，什么爱不爱的。”

小月反驳着。

“真的吗？让我猜一猜吧。”瑶姬用着一种女生聊八卦专有的小贱语气噼里啪啦地说着，“你们约会过了吧，一起吃饭是必然的了。而现在你居然那么晚给我打电话，肯定你们刚刚发生了一些你掌控不了的事情，所以才特别给我电话咨询。”

“你什么时候变成神婆了呀。”小月用一种不屑的口吻掩盖内心的惊讶。

“让我再猜猜，牵手了吧，拥抱了吧，接吻了吧？应该还没有发生那方面的关系，因为你心里还不大可能那么快就放下阿哲。”

“我不想跟你说下去了……”小月打断瑶姬的猜测。

“哎哟，还害羞了呀。哈哈。”瑶姬在电话那头笑得很欢乐，“好了，不猜了，你想跟我说他什么事情啊？”

“哼！终于轮到我说了啊，亏你还记得是我打电话来的。”小月埋怨着，“我们刚刚和他的朋友唱歌完回来。哦。对了，跟你说他有个朋友还和小星认识呢。”

“哇，厦门要不要那么小啊！感情都是在炒冷饭吗？”

“你怎么说话的呀，他们很清白的，好吗？”小月接回话题，“之后他送我回家，刚刚给我发了个信息。等我回拨过去他居然关机了，才间隔几秒而已！”

“好了，我全明白了。”瑶姬深吸一口气，一副老前辈的口吻，缓缓道：“孩子呀，你因为不知道为什么会突然关机，然后开始犯了疑心病，觉得他是刻意关机的。可是却想不出为什么他要刻意关机的原因。是吧？”

"这……有一点吧……"小月支支吾吾着。

"你不知道有可能没电然后自动关机吗？"瑶姬声调一变，尖锐直接。"果然是爱情让人变笨。我算是见识到了。"

"咦……是哦。"

"你还好意思说。"瑶姬表示很无语，"今后那么没营养的低智商问题不要来找我了，还让我关了巴赫，浪费我陶冶情操的时间。"

小月略带抱歉地赔着笑，"呵呵。那么晚了，你赶紧睡吧。改天出来一起吃饭呀。"

和瑶姬打完电话，小月的心轻松了不少。刚刚自己的第六感总是告诉自己这有什么问题，怎么就没想到有可能是没电呢，看来女人的第六感也未必都是准的。

面膜时间很快就过去了，可托比的电话依旧关机。小月开始有点不耐烦了，因为时间拉锯有点过长了。这个时间段，就算打的士从轮渡坐到前埔也就半个小时，而他们从刚刚告别到现在已经一个多小时了，也该到家了。到家了手机就可以充电了，那就会开机了。怎么还是关机状态呢？小月烦躁着，却又不好意思再打电话过去给瑶姬，只好自己闷着。

踌躇许久，小月给托比发了信息。"你手机关机呀？到家了吗？开机给我回个电话咯。"

她设置了短信回复，等着显示发送成功的短信，只不过这个短信来的时候，估计月亮已经被太阳给替代了。小月等着等着渐渐地睡着了……

大家会不会都有这样的类似经历，当我们心系一件事情的时候，睡眠中途总是会被潜意识唤醒，顿时会睁开眼睛。小月就是这样的人，不知道是半夜几点的时候，她模模糊糊地醒了，摸到手机，眯着眼打开，依旧是无短信回复的状态。她小小地生了下气，不过困意太强大了，于是翻转个身，继续睡了下去……

叮叮叮……

周末的早晨被短信的铃声给吵醒是非常不愉快的事情，带着重重怨气的小月，从床边摸出了手机，是托比的信息。

“我睡觉时候手机都关机的，抱歉害你担心了。”

小月总算得到了一个解释，心里释怀不少。“本来还想昨晚跟你聊聊天呢，可惜你关机了。”

“呵呵。那我岂不是损失很大，那我们现在开始聊怎么样？”

“不要，我要睡觉！”

“淘气。”

“淘气”……小月看到这两个字着实肉麻了一下，蜷了下身体把被子盖得更严密了些。又把信息打开读了一遍。淘气……多么有恋爱味道的一个词语呀。她发现她爱这个词，爱自己被这样的一个词形容着。这就是小女人的心思吧，这种发生在别人身上自己觉得恶心的事情，发生在自己身上的时候却觉得无限浓情蜜意。女子终究是女子呀。

小月放下手机，美美地睡了下去……

快到中午的时候，小月才舍得离开被窝，洗洗涮涮之后托比的电话来了。

“嗨……美女。”

“嗨，怎么了？”

“这里是联邦快递呀，”托比装腔作势了起来，“美女呀，你是收件人的一个包裹里头发现了海洛因啊，现在包裹被扣押了，如果你要解决的话只有一个办法哦。”

小月暗笑，配合托比演下去：“哎呀，天啦，那怎么办呀？先生，麻烦您快告诉我怎么办，好吗？”

“肉偿……”

“再见……”

“啊哈哈，别生气嘛。”托比嬉皮笑脸地哄着，“生气也没关系，我还没看过你生气呢，你生气一定也特迷人。”

“真受不了你。”小月心里美滋滋的，这种美滋滋的感觉不是像喝了蜂蜜，而是像喝了优酸乳。

“嘿嘿……你下午做什么呢？”

“我下午准备回学校了。”

“什么？”托比大惊，“学校！你还是学生啊？”

“什么意思呀，看起来不像吗？”

“像，怎么不像，太像了。真是像学生啊。”托比阴阳怪气地说着。

“什么像学生，就是学生好不好！”

“好好，那你前几天怎么都不回学校啊？”

“这几天还在放暑假啊，明天 9 月 1 日才正式开学。你问得好细哦……”小月对托比这样查户口似的问话略带反感。

“哦，也是哟。你读厦大（厦门大学）吗？研究生吗？”

“厦门你只知道厦大，你不知道有集大（集美大学）啊。还有，你好伤人，我看起来有那么老吗？！我开学才大四好吗？今天的我还是大三的阶段。”小月极度不满。

“好好好，我看你第一眼就觉得你是大学生。”有一种男人就是可以无时无刻地对女人谄媚着，托比就是这种男人。

“少来。”

“那我岂不是要一周之后才能见到你了？好久啊，我要去你的学校找你。”

“不要无聊了，那么远跑来跑去的多累啊。”小月拒绝了托比要来看她的要求。其实，如果托比没有主动要求来学校看她，小月会想尽办法要托比来看自己。然而，托比自己主动提出来了，就表示托比有这个心，而有心是最重要的。既然对方有心了，就不需要真的兴师动众岛内岛外地跑来跑去了。女人其实不难哄，主要是看男人有没有心去哄。

“那你会想我吗？”

“不会。”

“嗯。不会就对了。女人总是口是心非，你要是说会，我就完蛋了。哈哈哈……”托比大笑。

“不跟你说了，我要去吃饭了。拜拜……”小月被托比的无限自信给折服了。

“嗯嗯。千万不要想我哟。拜拜！”托比满心欢喜地挂下了电话。

小月回了学校，托比一如既往地一天几个信息，时常来个电话。聊聊小月在学校的生活，聊聊一日三餐都吃些什么，聊聊我多想你呀你有没有想我的肉麻情话，最后再叮嘱下天气变化要小心身体之类的话，似乎男女聊天都逃不开这些俗套的话题。不过当两个人彼此有好感的时候，这种千篇一律的话题就会显得特别的贴心和浪漫。这种超越友情、恋人未满的状态持续了快一周，眼看周末快要来临，小月已经按捺不住要回家的心情时，托比的电话来了。

“宝贝。”

“猪头……”小月不喜欢被男人叫宝贝，感觉特别的虚伪。一个女人对男人来说能有多宝贝呢？如果真是宝贝，又怎会一个宝贝接一个宝贝的换。

“告诉你个噩耗，你要挺住……”

“啊？！噩耗？怎么回事。你不会和韩剧一样，得了什么癌症之类的吧……”小月虽然口气玩笑，不过心里还是真的紧张着。

“比那个严重性稍微轻一点点。”

“不是吧。怎么了？”

“我要出差了……”

“汗。我还以为什么大事呢。出差不是很正常的吗？”小月顿时松了一口气，虽然出差也的确让她有点小不爽，不过这种事情是无可奈何的。

“哎，可是出差不知道什么时候才能回来。”托比依旧口气很低沉。

“哦？为什么会这样呢？”

“……这个很难说清楚啦。说了你也不懂的。”

“谁说我不懂了。”小月被刺激到了，“你是不是有什么事情一定要做完才能回来，所以才说不知道日期。”

“这……算是吧。”托比回应着。

小月略带着小骄傲地说：“哼，看吧，谁说我不懂了，随便猜都知道。”

“呵呵。好啦，你最聪明了。不然怎么能把我迷倒了呢，是吧？”托比又开始油嘴滑舌了。

“够了够了，总之你出差自己小心咯。尽早做完事情就尽早回来啊。”

“嗯。这是当然。”

这通电话使得原本两人见面的时间只能继续推后。这样也好，不要让原本随缘的东西太过于形式化，偶然的小别胜新婚状态也有助于感情升温。小月心中暗想着。

日子一天一天过去了，夏天对于厦门而言，却丝毫没有要离开的意思。今年会是个暖冬吧，到现在还是那么热。如果是暖冬的话，还会有冬眠的存在吗？如果冬天必然伴随着冬眠的开始，那爱情是不是也会随之而冬眠呢？

在托比说了出差之后，整个人就以半人间蒸发的状态而存在着，信息的数量也呈现三天打鱼两天晒网的趋势，偶尔来个信息也就是基本关心下小月吃饭了没之类不痛不痒的程度。这是不是两个人的感情出现滑坡趋势，小月不愿意去多想，因为托比不在厦门，求证了又如何呢，何必庸人自扰。

不过托比与小月联络降温的这段日子里，小月的确觉得自己空余时间想的人，已经从百分百的阿哲转变为托比的笑声，并以一定概率的比例从脑中出现了。一只狗养久了也都会有感情的吧，不是有多喜欢托比了，而是日久生情，而这个情是否为爱情，仍是值得考量，小月给自己这样的心理暗示。其次，往好的方面想想，托比的联络并没有断，起码现在也还是有个人时不时地惦记着自己，这样挺好的。如果缠太紧，主导权就不在自己手上了，爱情这种高手过招的游戏，谁一旦先动了真情谁就一败涂地。只可惜，我们都忘记了，爱情这种东西本来就应该奋不顾身，飞蛾扑火的。如果没有了勇敢，那这还是爱情吗？似是而非的爱情也算爱情吗？现在的社会里，有太多交往中的两个人计算着如何去爱，爱多少，留多少，公式化、程式化之后的爱，是情感还是只剩结果？

有些问题，想不出答案就别去想了吧，想通了只怕会更伤人……

久而久之，托比在小月记忆中的成分越来越少了，就像一杯开水渐渐地变成了一杯常温的水。在小月已经把托比归类为昙花一现的短暂暧昧对象之后，突然有一天，托比的电话再度响起了。其实，托比的电话响起不是什么罕见的事情，只不过先前都是简单地询问近况，没聊几句就以“那你去忙吧”或是“那等我回来后再聊咯”之类的结尾告终。渐渐地，小月觉得看到托比的来电都是一种不自然的应付，而自己更是从未主动打过给托比，因为不想自己给自己制造这种不自然来应付。而这次的电话，托比又恢复了先前的深情款款，并主动向小月发出了约会邀请。

“……我们很久没见了呀。”托比埋怨了一通自己的工作近期多忙多累之后，开始切入了他这个电话的主题。

“是吗，还好吧。”小月淡淡地回应。

“周末出来吃饭吧，好吗？”

“再约吧。”

“不要再约了，都那么久没见了。吃个饭而已，不用花多少时间的啊。你总得吃饭吧，跟谁不是吃呀，就赏个脸吧。”托比对付女人总是有很流利的一套。

“周末不一定有空，要准备上学期挂科的补考。”小月第二次推辞。

“要考试了哦，这样呀……”托比沉思着，突然话锋一转，“如果要考试那就不好意思耽误你了，不过我们可以先想想如果有空的话，吃点什么呢，好不好？”

“呵呵，好吧。前提是如果有空的话。”小月在电话这头苦笑着摇了摇头。

“你有什么特别想吃的吗？各国料理你想吃哪国的呢？泰国菜就去金象湾，日本菜我们去上井，韩国菜的话可以去汉阳馆，美式菜就去老别墅披萨或是意大利的私房菜？”

“无鸡，鸭亦可。无鱼，肉亦可。”

“啊？什么意思？”托比一时间没听明白。

“中国菜。”小月依旧不愠不火地说。

“哦。中国菜呀？那你是吃哪个菜系呢，东北菜、湘菜、川菜、客家菜？是想要点菜的还是自助的呢？”托比噼里啪啦地说了起来。

“哇，你是有备而来的呀！”小月头一回见到有人吃饭居然以这样填表似的方式选地点，不禁赞叹。

“嘿嘿，心动了是不是？川菜吧，水煮鱼、麻辣豆腐、鱼香肉丝、夫妻肺片什么的都好久没吃了。”

被托比这样一步步地引诱之下，小月的脑海里出现了各色菜式的样子，诱人得很，仿佛都要闻到幽幽的香气了。“都不错，怎么选，这不是为难我吗？”小月故作生气状。

“美女呀，不为难的。一顿午饭一顿晚饭不就成了吗？这哪里称得上为难呀，都是为你而设的，是吧？”托比乐呵呵地说着。

“真是的，得寸进尺呀！不是说了要考试没空的嘛。最多吃个晚饭，吃完还要读书。”小月明显可以感觉托比已经在电话那头乐开了花。

“好啊，好啊，好啊！”托比连声答应着，“这是你说的哦，不许反悔啊。那你读书的话，需要我打包送去你学校一起吃吗？”

“这倒是不用，没那么夸张，我周末会回岛内的。”小月心里顿时暖暖的，有一个男人居然会愿意为了跟自己吃一顿饭，打包食物从岛内送到集美大学来。无论这个男人之前的出差事件算不算是冷处理的距离感，不过此刻她已经不会多计较了。女人总是健忘的，当下被哄得乐开了花，就忘记之前如何住过的寒窑。

“哦，那你有没有觉得我主动要送去你学校很感人？”托比又一副小无赖的样子。

“你想说什么？”小月知道托比这个话肯定会有后话。

“你觉得很感人的话，要不要报答下我，晚饭结束后跟我去喝个咖啡什么的呢？”

“你很无赖哦。”小月不得不开始佩服托比的邀约能力，倘若哪个男人不会约女人的话，真是可以拜读一下“托比语录”。

“好不好呀？”托比开始撒娇，男人的撒娇有时候比女人更有威力。

“不好！”小月斩钉截铁地拒绝。

“哦，人家也就只是个建议而已嘛……”托比故作委屈的声音，把小月逗得挺开心的，“那你周末回岛内来了就要跟我说哦，我好提前选地方订位置。”

“好啦。知道了。我要读书了，先这样吧。拜拜。”小月采取主动态度结束了这段对话，似乎拍拖中这样的方式往往都会给另一方留下无限的思念等待，直到下一通两人的电话为止。

“嗯。好的。我会想你的，拜拜。”

挂了电话之后的小月，是笑容满面的，或者也可以说是春风满面的，从她笑容里荡漾出来的弧度简直就像湖面刚划过了船。小月告诉自己，她心里清楚自己对于托比的感情程度，她享受这样一种类似爱情的感觉，仅仅类似爱情，因为真正的爱情又避免不了琐碎的争吵。总而言之，她希望这样的关系一直维持下去……

周末很快到了，小月随托比去吃了水煮鱼。不过他们吃水煮鱼的地方不是在川菜馆，而是在“哈喽”。“哈喽”是西堤别墅咖啡一条街里的一家咖啡店，在咖啡饮品之余还包含了西餐与中餐，托比极力推荐这里的水煮鱼，这里的鱼选用的不是一般的草鱼或黑鱼而是桂花鱼，所以口感会嫩滑许多。事实上，托比是不懂这些原材料的，他只知道这个更好吃，而且水煮鱼里的汤也不像其他川菜馆那么油腻，这里的汤托比可以喝好几碗。

美食总是会使人心情愉悦的，特别是还有个帅气的男人坐在对面，而且这个男人还对自己百般讨好，这种情形下没有一个女人可以招架得住。饭桌下，托比的脚轻轻夹住了小月的脚，他使坏地笑，她害羞地低下了头，没有抗拒。这时候，托比突然拿出一个包装精美的盒子递给小月。

“给我的？”小月问道。

“是啊，拆开看看。”

“这么好呀，又有礼物。不会又是香水吧？”

“香水有这样细长形状的吗？”托比反问。

“不喜欢的我可不收哦。”小月边说边拆着包装。深蓝色的盒子上一只天鹅的商标映入眼帘。“里面是什么？”

“不告诉你，你自己看啊。”

“哼，不告诉的话，我就不收了。”小月一副傲娇的姿态。

“哦。那还给我吧。”托比起身伸手欲夺回礼物。

“你坏。”小月仰起头，推开托比的手，嘟起嘴，护住礼物。真是受不了，哪里有这样的人，礼物都送到人家面前了，又在这时候给收回去。

“哈哈哈哈……”托比大笑了起来，又是那一阵汪洋般的笑声。如果笑声会让人沉醉，那托比的笑声估计可以淹死人。

小月拆完包装，带着好奇把盒子打开，那是一条施华洛世奇的水晶项链，数个水晶构成的几何形状，精致的做工，恰到好处的颜色搭配，华丽丽金灿灿，闪着都是人民币的光。小月没想到会收到这样的礼物，又惊又喜。

“我不能收，太贵重了。又不是什么节日礼物，而且我又不是你的女友。”小月放下盒子，对托比说道。

“别傻了。”托比起身，走到小月身旁，取出项链，“我来帮你戴上……”

“这……”小月脸红了，第一次有一个男人要为自己戴项链，偶像剧里多么熟悉的桥段啊，而此刻就活生生地发生在了自己的身上。小月思考着刚刚托比的那一句“别傻了”。是自己说不能收这样贵重的礼物，托比回应“别傻了”，可以收的；还是自己说我不是你的女友，托比才说“别傻了”，他早就已经把自己视为女友了。小月带着满心纠结，无数遍地重播刚刚两个人对话的那个画面，却百思不得其解。而在托比把项链戴好了之后，会不会又像偶像剧里那样在自己的颈上留下一个吻呢……

“喜欢吗？”托比戴好了项链，回到座位上。没有留下吻，留下了小月淡淡的失望。

“嗯……”

“呵呵。那你等下就回家读书？”

“嗯。是啊。”

“那你今晚可不可以多读些，把明晚的量也读掉，这样我就可以约你明晚出来玩啦。”托比又开始了……

“你明晚想干嘛？”小月瞧着托比。

“来我家，我随便你干嘛……”托比挑了下眉，露出坏坏的邪笑，单边勾起的嘴角里透出牙齿陶瓷色的白。

“没正经。”小月很不喜欢这种男人挑逗女人的玩笑，她不算聪明，分不出哪句真哪句假。

“哈哈，开个玩笑嘛。明晚我有几个外地的朋友来厦门，他们想去杜尚玩，你也一起来玩吧。总要带你了解了解我的朋友，进入到我的生活里来。”

“可是……”

“不要可是了嘛。不给我这个面子，也给我朋友些面子咯。我跟他们说了你，他们都很想认识你的。如果你怕没有认识的人，那我把莫莫也叫上，这样你就有女生陪了，好不好？”

“唉……真是被你打败了。”

“哈哈，小月你最好了。那明晚等我电话咯。”托比开心得像个孩子，这样的笑容很能激发女性特有的母爱的那一面，谁说只有男人才会保护女人的，女人也会有想要保护男人的时候。

男人有很多类型，托比属于宠物型的男人，这样的男人总是会跟着你、黏着你、百般用心地讨好着你，可是这样的类型是自己想要的吗？小月陷入了深思……

第二天晚上的杜尚是拥挤的。事实上，杜尚只要到了周末都是拥挤的，似乎这样简单的形容词不足以表达杜尚的独特性。杜尚的独特性，还是用杜尚的宣传词来形容最为贴切：杜尚，是一个女人。不过那个晚上，小月只记得拥挤，因为人多而拥挤，因为音乐多元化而拥挤，因为思考的事情多而拥挤，因为心中情绪多而拥挤。拥挤过后，剩下一地无头绪的问号等着她去摸索。

在酒吧里，莫莫跟小月挽着手亲密地坐在沙发上，两个各具特色的女子，一静一动，一长发飘逸一短发蓬松，一短裙丝袜一低胸开衫，一羞涩含蓄一妩媚大方，一低头莞尔一仰头欢畅，交相辉映、互补长短，满足了身边男士的各种视力需求。托比在一旁招呼着他的那帮兄弟划拳喝酒，小月跟莫莫就咬着耳朵，一句搭一句地聊了起来。

“我喜欢托比！”莫莫没来由地说了一句。

“啊？”小月心头一紧。

“之前的事情了，现在完全找不到那个感觉，觉得自己当时抽风了。”

小月笑而不语，心里舒缓了一些。

莫莫继续说着，“不是我花心，只是不知道为什么，我喜欢一个人总是超不过一个月。我现在有新目标了，而这个新目标，我却暗恋了超过一个月，所以我在考虑要不要做小三。”

“啊？不是吧。”小月有点词穷，“这该恭喜你吧……”

“是的。但是我不会告诉你是谁，我也不能告诉你。”莫莫喝了口酒。

小月心中纳闷着：告诉不告诉我不都一样的吗？反正我又不认识她的朋友。哪怕告诉我名字，我也不认识，何必搞得那么神神秘秘的呀。

小月正当疑惑的时候，莫莫又干了一杯酒，身子凑过来贴着小月的耳朵说，“你和托比是同学吗？”

“同学？”

“是啊，托比不是在读研究生吗，你们同一个学校认识的吗？”莫莫开始八卦起来。

“托比？读研究生？”小月反问，心中浮出了一个大大的问号。

“嗯。你不知道？”

"我知道啊……不过我们是在酒吧认识的。"小月压抑着心中的波澜，保持镇定地说着。

"哦。一夜情成情侣啊。"莫莫朝小月眨了眨眼。

小月笑了笑，没有肯定也没有否认，因为她只想赶快结束这段对话，好好地理顺一下刚刚莫莫所说的话。第一，托比是研究生？那如果托比是研究生的话，怎么会跟自己说在上班还有出差的工作呢？如果是研究生的话，怎么会连简单的英文词汇都听不懂呢？第二，"一夜情成情侣"，看来托比是经常在酒吧带女生回去的那种男人了，搞了半天自己原来也就是托比此阶段的一个猎物罢了。小月心中翻江倒海地一阵纠结。她决定先从第二个疑问开始弄清楚，因为第二个疑问直接关系到自己的未来，并且疑问也比较好求证。

小月把莫莫的手挽进怀里，凑在耳边问："托比经常在酒吧带女生回去吗？"这句话一出口，小月就立刻后悔了。这是什么烂问题啊，这么直接地问，谁会说实话啊，不过既然问了就听听答案吧。

"没有啦，刚刚跟你开玩笑。他一般很早就退场了，好像经常家里有人催他什么的。"

"哦……这样啊。"小月思量着，托比还有家人催他回家。他家是不是厦门的，具体住在哪里，自己还从未了解过。

"那你们是什么时候认识的呀？"小月为刚刚第一个困惑提了问。

"认识啊，认识几个月吧……"莫莫边思索着边回答。

才认识几个月。这样看来，托比是几个月前说自己还在读研究生的了。如果莫莫回答是几年前，就表示托比真的是研究生，而如今已经毕业了。然而，他们相识只是短短的几个月，那就证明托比要么是在工作要么是研究生，这两个命题中必有一假。小月开始佩服自己的逻辑能力，在那么嘈杂的酒吧环境下还可以反应得如此迅速。“我一定要想个办法套出托比的话，确认一下他到底是个什么样的身份，”小月暗暗地盘算着……

从酒吧出来后，托比送走了莫莫和朋友们，拦了一部的士送小月回家，喝多了的托比躺在小月怀中。

“你没事吧，要不要我先送你回去，你家住哪里？”小月关切地问。

“不用，先送你回去。我没事的，你是女生，怎么可以让你送我！”托比果断拒绝，“除非……”

“除非……”托比亲了下小月的脖子，“除非你跟我一起回去……”

“死开！我要下车。”

“哎呀，哎呀。我跟你开个玩笑啦，我的大小姐。”托比哄着小月。

“对了，你是做什么的啊，怎么之前出差那么久啊。”小月试探着问起了托比的职业。

“怎么啦，是不是很想我。”

“你先回答我。”小月阻止托比岔开话题。

托比扯了扯衣领，清了下嗓子，“我做金融的。”

“哦……”小月不接话了，摸着托比的头发把头转向了窗外。

凌晨的厦门依旧是灯火通明的，路上的行人与车辆也不见得比白天少许多。赶场聚会的，吃夜宵的，兜风的，这个时间段刚出门找乐子的，成千上万个不想在家的灵魂在这个城市的寂寞里喧嚣着。小月知道托比这个答案是假的，因为她清楚地记得她跟托比第一次吃饭聊天的时候，托比连经济跟金融两个概念都分不清楚，这样的人又怎么可能是做金融的呢。然而研究生的身份也不大可能，想着就觉得不真实，这样笨头笨脑、要着流氓性子的人怎么可能会是研究生呢。那他到底是干嘛的呢……小月为托比设想着，或许他是个富二代，不希望别人知道他具体的工作所以才有所隐瞒的吧。再说了，托比是做什么职业也并不影响他们两个人之间的感情，她不是一个嫌贫爱富的人。

小月下车前给托比一个吻，这是她第一次主动吻托比。回到家后，小月一边推敲着托比表现出的种种矛盾性和一些话的真实性，一边又为托比寻找合理的应对和解释。伴着这样的疑惑，小月洗了澡，换了睡衣，涂好了乳液。打开手机，没有未读信息和未接来电，只有蓝色的哆啦A梦呆呆地笑着，只是现在这个笑容已经没办法让小月快乐起来。同样的笑容有的人觉得是憨厚，有的人就会觉得城府深沉。托比没有发“晚安”，也没有打电话说自己到家了，是再等等还是自己打个电话过去询问呢，小月犹豫着。打吧，不就是个电话而已嘛，打了不表示已经被他征服了，自己心里知道他有几两重就可以了。

小月拨起托比的电话，“您好，您拨打的用户已关机……”又关机了！如同之前一样，一个信息没有、一个电话没有就关机了。一股淡淡的抑郁涌上小月心头，夹杂着些许无奈的别扭。一定事有蹊跷，不然不可能就这样关机了，跟上回一模一样。哪怕手机没电了，只要心里有我的话，到家充了电至少也要来一个信息吧。

小月想起上次发生这样的事情，自己是打电话给瑶姬诉说，再打一次给她吧。这时候也只有她能帮我出谋划策了。

“姐姐！现在几点了……”瑶姬电话后第一句话就是拉高分贝的不悦。

“还没到两点……”小月这话出口时，自己也觉得有点过分，于是口气里带着万分歉意，“听你声音，你还挺精神呀。”

“是吗？”瑶姬顿了顿，“我在吃夜宵嘛。”

“你……”小月一时间找不到该用什么语气来表达她此时的情绪。

“我什么我啊。”瑶姬边吃边说：“我睡没睡是我的自由吧。但是这个钟点了，你还打电话来就是你的不对了。你怎么也不怕打扰我睡觉啊！”

“好吧，你怎么没在听巴赫呢？”

“哈哈，要你管，什么事情快说吧。”

“也不算什么大事，还是上回你听巴赫时和你说的那个事情呗。”

“什么？我早忘记了。”

“唉……”小月叹了口气：“托比又关机了。”

“关机就别打咯。你们才在一起多久而已，就看那么紧，有害无益的。”

“我也知道，但是……怎么说呢，心中难免会不舒服。”

“我懂。”瑶姬安慰着小月，“可是，有些事情你没有证据的时候，最好不要说，甚至提都不要提。因为没意义，比如他说他是没电关机，或是习惯关机，你能够证明哪个是真话吗？你证明不了的，那你还去询问，岂不是徒增烦恼吗？很有可能还会破坏两个人的关系。刚刚开始的感情都是如履薄冰的，一个不小心把水晶给打破了的话，是怎么都粘补不回最初的。”

小月听得受益匪浅：“好有道理呀。”

“姐那么多年的心得体会，你好好琢磨吧。”

挂了电话之后，小月的思绪仍是百转千回。她知道不应该打电话去给托比，因为这是感情游戏里不成文的规则，但，她又想赌一把，赌托比对自己的喜欢会包容自己此时的小小冲动。既然瑶姬说了今晚不能再打电话，那就明天一早再打好了。

慢慢长夜，等天熬到微微亮的时候，小月就拨通了托比的电话。通了！通了！终于通了！数声嘟声之后，等来的却是服务台的语音，“您拨打的用户暂时无人接听……”小月不甘心地拨了第二遍，依旧是无人接听。怎么办，要不要继续打呢？早知道没人接听，就不打了，气死了。

小月开始焦虑，空调的最低温度都无法使她冷静下来。如果继续打，托比醒来看到那么多个未接来电，而自己又没有什么重要的事情要告知他的话，那就等于很明显地告诉托比，自己已经陷入了他的温柔陷阱，被他俘虏了，从一方追求另一方的局面转变成了两方对等的状态了。这样天秤平衡以后，她就不能够再摆出一副高高在上的样子了，而托比会不会再像现在追自己这样细心呵护也就变成了未知。可是，辗转难眠了一个晚上，现在电话好不容易可以打通了，难道就这样放弃了吗？小月左右为难。再打一个吧，事不过三，如果第三通电话再没有接，那就坚决不再打了。但是，第三通电话依旧没接后，小月真的不会再打了吗？就真的甘心放弃，选择等待吗？无从找到答案，因为托比接起了电话。

“怎么啦？”托比哑着嗓子，听得出不耐烦。

“没什么，你昨晚几点回去的，回去了也没跟我说一声。”小月小心翼翼地说着，一大清早吵醒别人的美梦就只是因为这样无聊的问题，自己都觉得有点无理取闹。

“送完你后就回家了，喝多了就直接睡了。”

“哦……”小月不知道要说什么。

“那没什么事，我醒了再说吧。拜拜……”

“拜拜。”小月默默地挂下了电话。她其实还想追问：那你直接睡了，为什么昨晚打电话的时候是关机，现在却又开机了呢？可是她没问，因为她不想托比发现她太过聪明，也因为这样的问题像是在审问男友，他们现在的关系还没有到这样的份儿上，于是只好作罢。

小月告诉自己不要多想，乖乖翻开书复习，毕竟唯一不变的就是考试的日期。而自己要在几天里读掉已经一个暑假完全没有看过的内容，并且读完还要能够去考试，这的确需要心无旁骛的。补考不过就意味重修，重修可就不是说着玩的了，所以不要因为现在大学生泛滥就瞧不起大学生，觉得上不上大学没什么差别。在四年的大学生涯里，别的不说，单单是自学能力这个部分，读过大学跟没读过大学就有本质的区别。

午饭过后，托比的电话来了。

“嗨，宝贝。”托比懒洋洋的声音。

“什么事？”

“下午出来看个电影呗？”托比总是有不同的节目邀约。

“不行，我要看书。”

“哎呀，看场电影就一个多小时。就当给自己来个中场休息嘛。而且明天开始，我又见不到你了，你想见我也见不到我了。”

“哦？”

“是呀。我过些天又要出差了，你接下来不是也要考试吗？就下午出来看场电影，让我记住你的样子吧……”

“又出差啊。去哪里？”

“地方啊……还没定……”

“哦……”小月心中的疑惑又起，怎么可能有人马上出差了却还不知道出差的地方，这公司也太荒唐了吧，虽然自己还没工作，可是这个事情想想都觉得不合逻辑。

“哦是什么意思啊，是答应了吗？”

“好吧。”

“哈哈，那你准备准备，我过一会儿来接你咯。”托比十分愉悦地挂了电话。

而电话这头的小月，却提不起这样的高兴劲。她不知道自己为什么会答应跟托比去看电影，一方面托比满口谎话，另一方面自己功课都来不及复习了。不过她却还是答应了。她想再去套套托比的话，看自己能不能从托比的话中整理出什么线索，查出托比到底在隐瞒些什么。如果可以查到的话，就无需跟托比摊牌知道他多少不靠谱的事情，不然这样的话一旦说出了口，对两个人关系的破坏程度不是想修复就能够修复如初的。

只不过小月失策了，不是失策在她的部署和想法有什么问题，而是她忽略了他们是要去看电影。这就好比你训练了一队战斗力指数很高的陆军，结果发现是要去海战，这样的尴尬状况实在让人无奈。两个人去看电影，一坐进影院就是观看，途中根本不适合聊天什么的，既然没有办法聊天，又何来套话呢？小月觉得自己有时候头脑真是短路得像个智障。

盯着电影大屏幕的小月心中满是踌躇，托比牵着她的手，她感觉不到甜蜜；喝着可乐、吃着爆米花，她感觉不到满足；电影里的喜剧内容，她感觉不到开心。她总觉得心里沉甸甸的，这些事情要是这次约会不问的话，那明天托比又要出差了，自己也要回去学校了，真相不知道哪一天才能够水落石出了。

叮叮叮……

托比的电话响了，托比瞅了一眼，眉头紧了下，盯着屏幕看了一会儿，像是在斟酌什么，随后转头跟小月说："不好意思，我出去一下"。小月装出一副从电影中被打扰到的样子，微笑着点了点头。她这样做为的就是不让托比知道自己在观察他的一举一动，而托比的这一系列小动作小月早就看在眼里，女人的第六感告诉她，这个电话肯定有蹊跷。

无心观影的小月心系着不在身旁的托比。等托比回来的时候，自己一定要问问这个电话的由来，看看托比是如何应对又会露出怎样的马脚。

托比躬着身子回到了小月的身边，坐下后还不等小月质问，就先开口了："真不凑巧，公司那边临时出了点事情，要我马上过去一趟，可能晚上就要离开厦门了。"

"啊。那么紧急？那你现在就要走了？"

"嗯。不好意思，第一次看电影就这样。你是要继续看呢，还是我先送你回家？"托比压低着声音。

"没事，你去忙你的吧。工作要紧，不要耽误了。我看完自己回去。"

小月的通情达理，让托比很感动，或许男人需要的就是这样一个凡事都说 OK 的女人吧，不过是要通情达理的女人还是要笨女人，就值得商榷了。

"那我走了，宝贝。我们信息联络。拜拜。"

"拜……"

托比急冲冲地离开了放映厅，小月瞄了下手表，几分钟过去了。她深呼吸了一下，拿包起身，迅速地走了出去。她放托比走，不是通情达理也不是笨，而是因为她想要放长线钓大鱼，她打算跟踪托比。跟踪这件事在小月的生命里还是头一回，她心里砰砰跳得厉害，好像一个新手特务在进行一项重大的行动。她越走越快，渐渐地跑了起来，她有一种动力，只不过这动力不是爱情而是好奇，想来多少有些悲哀。

她看到了托比，边说着电话边开车门。她立马挥了挥手，拦了一部的士，"司机，跟着前面那个白色甲壳虫。"这么偶像剧的事情居然发生在了自己身上，小月在心里冷冷地哼了一下。

"哟，小姐，玩跟踪呢。"司机调侃着。

小月没有搭理，她不想此刻因别的事情而分心，托比为什么突然离开马上就会有解答了，既然跟踪了，就千万不能跟丢了。她毫不松懈地盯着托比的车子。

小月越是想集中精神，的士司机反而显得越不通情达理。似乎厦门的司机总是寂寞的，一有不错的客人立马打开话匣子，滔滔不绝，什么话题都可以聊上几句。

"前面那个是你男朋友吧？"司机开始聊了起来。

小月盯着托比的车，不语。

"和你说吧，男人是管不得的。就像我老婆吧，不管我，我就好好的。她越是怀疑我越是要管我，我就偏不让她管着。还非得整出点什么事情来给她看看。"

小月厌烦地瞥了司机一眼。司机收到这个眼神，仿佛得到了听众的回应认可，说得更精神了。

"跟踪这事吧，是万万使不得的。你有没有想过如果被他发现了该怎么办？"司机以一个问句形式做结束，希望小月能够回答从而两个人有所互动。而小月却不领情，仍旧死死盯着前方的车不放。

司机不甘心，继续唠叨："都要跟踪了，肯定不满意。不满意就换一个呗，你那么好看，肯定不愁没人要。"

小月彻底被烦到忍无可忍了，"我要打个电话，你安静下。"

"哦。"司机终于收了口。而小月并未真的拿起电话来打，她只是单纯的用这个借口让司机闭上嘴。

几个红绿灯后，托比在巴黎春天商场的门口停了下来。

他是来购物的？小月心中疑惑万千，托比到底在搞什么鬼呢？

这时候一只手拉开了托比的车门，顺着手的方向望去，一个中年女子，大波浪的卷发，脖子上闪亮亮的项链，丰腴的体态，踩着一双鞋型很好的高跟鞋，风韵犹存地扭进了车里。

她是谁？托比的姐姐？阿姨抑或是他的妈妈？还是……小月似乎预感到了什么。

“小姐，还要继续跟吗？”司机回头似笑非笑地看着小月。

“继续跟吧。”小月的声音显得疲惫。

小月此刻的心情复杂得很。一个声音在说，看吧，被我抓到了吧。另一个声音在说，怎么真的被抓到了。这种矛盾格外让人难受。她是谁？他们在聊什么？他们现在要去哪里呢？唯一能为托比开脱的理由就只有他们现在是要去公司，而这个中年女子的身份是托比的上司，一切就回归到合理的轨道上了，托比没说假话，他是个好人，自己仍是可以相信他的，就让这场跟踪证明自己是个瞎怀疑的傻女人吧。

想那么多不如索性打个电话跟托比摊牌吧，小月闪过这个念头，于是她以最快的速度摸出了手机。

电话嘟嘟地响了几声，正在小月觉得托比要接通的时候，电话却被硬生生地按掉了。小月愣了一下，托比甚至连接起都没有的就按掉了。小月极度不满。再打，已经是关机了。

正当小月的怒火将要按捺不住的时候，托比的车停在一家五星级酒店的停车场。小月立马下车打算以偶遇的方式向托比问个明白，却见他跟那个女人缓缓下了车，托比十分自然地搂着那个女人的腰走进了酒店的大门，亲昵得如同情侣一般。

小月石化……

第三章
情人节，还是情人劫

我们都过节，总是喜欢这样或是那样的节日。似乎节日已经成为一种借口，一种可以让我们明目张胆疯狂、肆无忌惮喧嚣的借口。其实，节日这种东西更像是一种补考。平时没做到的，做不好的，在节日这个时候你还可以弥补。平时没什么疼爱，趁着圣诞、春节、情人节这类节日好好送个大礼，吃顿大餐，浓情蜜意一番，给原本如履薄冰的幸福加上一个保护罩。但要是你连节日这个时候仍旧不尽力弥补的话，那你们这段关系的前途也就快宣告驾崩了。

我们爱过节，是因为我们还是期待着这个叫做节日的东西可以带给我们不一样的感受。这个感受的潜台词自然是美好的，这似乎是不言而喻的。只是当我们发现带来的是负面的情绪的时候，这个落差感，又将是何等的寂寥。

自我催眠是一种很好的处理感情的工具，前提是它对你有用。小月坐在床上，拨弄着手机，看着托比跟她之间的聊天记录，边看边推算着，哪些是真哪些是假，想凭着自己的智商给托比的种种行为做一个总结。

他，居然还有另一个女人……

想到此刻，小月果断地给瑶姬打去电话。

“喂？”瑶姬接起了电话。

“你在干嘛呢？”

“练琴。”瑶姬虽然停下了手中的练习，不过节拍器仍然一摇一摆地打着节拍，“什么事呀，你和托比又怎么了？”

“你怎么知道？”

“你就烦恼的时候会打给我诉苦，而你烦恼的事情除了感情还能有什么呢？”

“也是……”小月想了想，自己的确不愁吃不愁穿也不愁没钱用，功课也没问题，工作还离自己很远，现在唯一会有波折的的确就剩下感情了。“好吧，我跟你说。我觉得托比劈腿了，当然更有可能的是我才是那个小三。”

“啊？”瑶姬大惊。

“嗯，我直接跟你说吧，刚刚我们一起看电影，他看了一半接了个电话就说公司有事情要走，我怀疑其中有鬼，就跟踪了他。”

“然后呢？”瑶姬迫切地问。

“然后就看到他到一个商场接了一个女人上车，而且还是个年长的女人。”

“咦……这样啊，那他岂不是骗了你，说公司有事情其实去私会别的女人。”

“这还不是重点好吗！”小月打断了瑶姬的话，“重点是他们两个人上了车后，到了一个酒店把车给停下了。然后……”小月深呼吸了一下。

“然后什么啊？！”瑶姬迫不及待地等待着下文，“你快说啊！”

“然后，托比搂着那个老女人进了酒店。”小月终于用最言简意赅的语言把刚刚发生的一幕令自己震惊的事件给描述完了。

“天啊！”

“你不要‘天啊’，我才是应该喊‘天啊’的那个人吧。”

“那个女人真的很老吗？”

“是的。至少大我一轮。”小月愤愤地说，“你说托比怎么会跟那么老的女人搞在一起啊。他是恋姐吗？不，那个年纪已经可以算得上是恋母了。托比恋母……这也太荒唐了吧，如果他恋母，那他怎么会来追我呢？”

“除非……”瑶姬配合着小月的推理。

“是的，你也觉得诡异了吧。”小月深吸了一口气，“除非……托比是被包养了！”

“包养！”瑶姬声音立马升了个八度。

“嗯。不然你想托比怎么会那么有钱，又跟个老女人扯不清楚。不是包养还能是什么？”小月反问。

“这……这……”瑶姬有点被震住了，一时间想不出别的答案，“你让我冷静想一想。”

“你说我现在该怎么办呢？”小月感叹着。

“你先让我冷静下。你也好好地冷静下。”瑶姬劝着小月，“这个年代，被包养什么的，基本是司空见惯的了，不过大部分都是女方为被包养对象，而男生成为小狼狗，似乎还离我们的世界很远啊，你确定是这样的关系吗？这种电视里的剧情在真实生活中有了一个活生生映射的时候，你有没有考虑过它的概率有多大？”

“你……”小月顿时接不下话，因为她也不确定这到底是不是百分之百真实的。

“这样吧，我先问你，你爱他吗？”

“不算吧，我是觉得自己没有多爱他……”小月自己跟自己念叨着。

“哦。”瑶姬放下了心，“既然你不喜欢他，大家玩玩而已，当下快乐就好，这样不是挺好的吗？”

小月转念一想，这种自我催眠的方式其实是很好的，可以免去很多无谓的纷争。

“总之，你现在最重要的就是先冷静。”瑶姬重复着，“要不要我给弹个曲子，让你舒缓下情绪？”

“好吧，什么曲子？”小月的确心烦得要死了，听首曲子冷静下来也是有益无害。

“给你弹个西村由纪江的《Tegami》吧，先帮你放松一下。”瑶姬说罢，便把手机调成扩音模式，双手在黑白琴键上流畅地弹了起来。

用歌曲来解压使人情绪平复的确是个不错的方法，只不过方法是好的，但效果好不好，就另当别论了。

小月边听着瑶姬弹着钢琴，思绪又开始风生水起了。那凭什么是我被耍，凭什么是我被玩弄呢？！要玩也是我把他玩弄于股掌之中吧，他凭什么啊……这样转念一想，又让小月无法淡定了。而现在，他似乎还正得意着自己的左右逢源呢，他还不知道我已经识破了他的狐狸尾巴，想到托比清澈的笑容里居然暗藏着对自己无限的讥嘲，她如何能冷静下来。

不行，我要报复！不等瑶姬弹完整首曲子，小月就挂掉了电话。

老一辈的人总是说，吃亏是福。但是小月此刻是吃不下这个亏，咽不下这口气。她不知道，就因为这个“我要报复”，她之后的路绕了好几个弯。此刻本可以毅然离开或是装傻配合的，她都没有。离开的话是对自己的一种保护，在一份感情还没有伤及筋骨的时候及时抽身，对自己是一种弃车保帅的明智。如果继续装傻的话，是对自己空窗的一种慰藉，反正一方愿意去填，一方愿意受补，倒也和谐。可惜，她选择了报复。只不过，小月的头脑是不足以支撑起一个庞大的复仇计划的，于是这样的道路就显得崎岖而又幼稚。

要报复，要怎么报复……

从何下手报复……

如果没有发现这样的事情，托比会不会从此住进自己的生活里。如果自己不是那么多疑，一些美好的假象或许仍在延续吧。如果这个感情始终停留在不够爱，也是可以交往相处的吧。只可惜这些都已经是如果了。当我们会说如果的时候，大半掺杂着遗憾和悔恨。

一抹不怀好意的笑划过小月的嘴角，而从眼角流出的却是一对绝望。

第二天一早的酒店门口，小月就出现在那里了。她想做什么，没人知道，如同没有人知道她会在这里出现。她不知道要等多久，时间的沙漏此时似乎流失得特别缓慢。酒店门口车来车往、人进人出，不禁让人怀疑，在这个声色犬马的世界里，每个人心底都装着多少不可告人的秘密，是否一辈子都不会与人分享。而这些秘密真的每个都是负面的，是见不得光的吗？是不是正是因为这些秘密使得这个世界变得虚假和现实，又或是因为这个世界的虚假和现实才使得每个人不得不埋藏了不为人知的那些事……

临近中午的时候，托比跟那个中年女子出现了。他的手还是环在她那并不纤细的腰间，他的笑还是那么的清澈，清澈得仿佛可以看出他对她的好感。只不过，当这样的清澈是伪装、当这样的好感是虚假的时候，那这个人还有什么值得可信的呢？爱上谎言算不算一种可笑？小月心里的无奈开始发寒。

小月疾身上前，走到托比的视野范围之内开始放慢速度。一个不经意的扫眼，一脸若无其事的冷艳，步伐不紧不慢，嘴角的情绪若有似无，一副闲云野鹤之态。托比看到了小月，眼神闪过一抹惊恐，一时间手足无措，想要打招呼却欲言又止，想要解释却发现自己的手揽着别人的腰，想要回避却已经眼神交汇了。

时间没有停驻，两人依旧挪动着步子，只是感觉空气变得稀薄，声音戛然而止，像是一部无声的老电影。托比盯着小月，那种盯包含了无数种情绪，有疑惑，你为什么会在这里？有无奈，我看到了你却不知该如何跟你说话？有纠结，这样的景象是不是可以给我解释的机会？有歉意，我居然在你的面前搂着别人。有不快，你不是要复习吗？怎么会出现在这里？有猜疑，你是不是知道了我的那些事情。

小月回了一个眼神给托比，一个空洞的眼神。相比托比的眼神，小月的情绪简单得多，只是在小月秀丽的外表衬托下，这样无声空洞的眼神却莫名地让人害怕。小月看了托比一眼，就像在看一个完全没有交集的路人。托比看不出小月的内心活动，甚至怀疑这个人是不是小月。托比焦急起来，小月会和自己打招呼吗？会的话那该如何收场？不知道彼此存在的两个女人，此时自己到底该用什么样的说辞？这样的二选一，自己该要选谁呢？如果小月没有打招呼的话，那又是什么让小月如此镇定？莫非小月的陌生是为了不想自己为难故意无视？托比的心里百转千回终不能定。

小月收回眼神，托比的目光虽然被小月锁定了，可是手依旧在别人的腰间，想要拿开的时候，小月已翩然而过，再拿开也无济于事了。两个人如同陌生人一般，安静地错身而过。不知道内情的人一定不会相信这两个人是相识甚至相交过的。小月没有打招呼，也没有像个泼妇过去质问。她只是从托比身旁安静地位移而过。她曾幻想无数种质问托比的开场白，每一种都足以令托比瞠目结舌，只是当托比离她那么近的时候，她感受到了托比的不安，她心软了。当下无论哪一种争论，都会让托比下不了台。她的慈悲，终究让她的报复未能一针见血。她离开了，留给托比一个黯然的背影。

她自己也摸不透。哀莫大于心死吧，她心死了吗？她不知道，抑或她的心就不曾生过，何谓死。她复杂的负面情绪里居然夹着一丝丝的快感，这种快感来源于什么？是得逞是胜利还是她终于找到了答案？好像都不是。可能这种快感是一种幼稚的体现？多经历几次才会游刃有余吧。小月的心幽幽地酸了起来。

小月不紧不慢地上了的士。的士急驰而去，喷出一串浑浊的尾气，氤氲了地面，甩开了他们两人，仿佛从此南辕北辙……

接下来的几天里，托比消失了，如同他之前消失的那样，了无音讯。小月在纠结的心境中结束了考试。托比的消失虽是在小月的意料之内，却又让小月有那么一些小怀恨在心。他还会出现吗？还是就这样从她的世界里离开了，连个再见都没有地离开。小月心很烦，她翻着手机，摸索出莫莫的号码，这个人是她和托比此时仅存的交集了吧。小月看了号码一会儿，她决定发个短信给莫莫，没准会知道托比这几天在搞些什么。

"嗨，好久不见，最近干吗呢？"小月发出了信息。自己平时和莫莫完全没有联络，突然发了信息，对方会不会觉得唐突？并且，她甚至还未想好接下来要如何把话题引入她想要聊的内容里。

当小月还在考量自己行为的时候，手机响了起来。莫莫的号码，小月一怔，随即接了起来。

"Darling。"莫莫甜腻腻的，仿佛小月就是她的闺蜜般，"你找我呀，哎呀呀，人家在做指甲呢。不方便回就直接给你打来了啦。"

"哦。你在做指甲啊。"小月有点不知道怎么接下去了。出现了两三秒的沉默，她有点后悔怎么会发出这样的信息。好在莫莫是个聪明的女人，立马接了下去。

"是呀。亲爱的，你要不要来呢。我才刚到呢。"

“哦？你在哪里做啊？”

“就轮渡这儿啊。你来吧，我们也好久没见了，正好我也没伴吃晚饭呢，你就来陪陪我吧。”

小月心想，还是去吧，虽然自己没有很想做指甲的念头，不过可以见到她，很多事情都是见面说比较好的，特别像自己要问的这样比较尴尬的话题，还是见面为好。

“好吧，那你等一下我。我一会儿到哦。”

“嗯。我一会儿让小妹把具体地址发给你哟。拜拜。”

虽然小月迫不及待地想见到莫莫，但她仍不忘花心思搭配了衣服，上了个简单的淡妆。有时候女人跟女人的见面比和男人的约会更不能马虎。很多男人都不懂女人独特的穿衣打扮之道，他们只在乎有没有露肉，性感不性感。而女人之间就懂得比较，什么款式是当季的，什么风格是独特的，什么品位是一般人驾驭不了的。有时候一个小细节被打败了之后，整个人都会抑郁下去。

小月来到了美甲店，还没来得及扫视，就听到莫莫对自己的呼唤，她闻声寻去，只见莫莫一袭披肩的顺直长发，乌黑油亮没有一丝的毛糙，小月心疑，眼前这个秀丽的女子到底是不是几周之前利落短发的莫莫呢？

莫莫拿起放在椅子上的包包，示意小月在旁边坐下。“几天不见，你变瘦了呀。”

“真的吗？”小月一个开心冒了起来，没有女人不爱被夸瘦，“不过，还是没你瘦啦，差你一大截呢。”

“哎哟，你嘴巴好甜哦。”

“我说事实嘛。”小月凝视着莫莫的头发，“你这是……”

“哦。假发，不错吧。下回带你去买，你戴了一定更好看。”

“真的吗？好啊，改天要带我去哦。”女人之间的友情其实很好建立，你夸我下，我夸你下，立马就亲密了。你说某人的坏话，我补充几句，立马两人就相见恨晚了。只是往往容易建立的东西也容易倒塌。

“对了，你今天怎么会突然想起我呀？”莫莫边看着自己的指甲边问道。

“哎。想找你问一件事情。可是又不知道该不该问？”

“什么事情啊？小星的吗？她最近失踪了是不是？这个我知道，不过不知道是去哪里了。”

“不是她啦。她去外地写生了。据说是学校安排的。”

“不是她？那你还要找我问什么？我好像没有什么还会知道了呀。”莫莫困惑。

“这个事情我也不知道怎么开口……”

“从头说咯，或是挑重点说都可以啊。到底怎么了呀？”女人都是好奇的动物，会为了得到一个答案而想尽办法。

“托比的事情啦……”

“托比？”莫莫拉高了尾音，“你们怎么啦？”

“唉，真是不知道从何说起。”

“不急不急，你慢慢说，吵架了？还是分手了？是他甩了你，还是你不想要他了？还是别的什么其他状况？”

面对莫莫噼里啪啦的一大串，小月更不知道如何开口了，因为莫莫好像对托比的生活一无所知。小月看着修甲小妹细心地磨着指甲，沉思了一会儿说道，“好像都不是，又好像都是……”

“哎呀，我的姐姐，你要急死我呀。你就告诉我吧。”

“你知道不知道托比跟一个老女人在一起……”小月低声说。

“什么？！”莫莫分贝瞬间高了几个级。周围的顾客纷纷侧目，连修甲小妹都抬起了头。小月使了个颜色，莫莫慌忙捂住嘴。

“算了。看来你是不知道了。再问也问不出什么了。就当我没说过吧。”

“别呀，亲爱的，看你脸色那么糟糕。你一定很多憋屈吧，憋在心里很难受的,找个人倾诉会好很多的,放心吧,我不会说出去的。”

小月迟疑……

莫莫并不给小月迟疑的机会，接着问：“所以你们现在是分手了吗？你是小三？！”

“我才不是！”小月立马澄清，“事情是这样的……”小月开始慢慢地把托比的事情娓娓道来，从大手笔送礼到他职业的虚假再到经常无端消失和晚上经常关机的事情，最后把看电影时自己跟踪到第二天酒店前发生的事情一起都说了出来。小月越说越觉得会不会说太多了,可是这些憋在心里那么久的话,好不容易可以一诉痛快,这个难得的机会又怎么能错过!

莫莫的瞳孔和嘴巴随着小月说的一个又一个事情越张越大，身子几乎整个朝小月这边侧了过来。小月光看她的表情就可以体会到她的激动与惊讶。

“这……这……”莫莫有点语无伦次了。

小月点点头，“很电视剧是吧，很不可思议是吧。”

“你！你！你居然跟踪！你太帅了！”

莫莫聆听了半天，说出的第一句完整的话居然是这个。让小月感觉着实有点偏差，眼前这个女人到底有没有明白自己说的整个事情，居然把重点放在了自己跟踪上而不是托比虚假上。这到底是什么跟什么啊。小月索性沉默，打量着修甲小妹如何去自己指甲边的死皮。莫莫本想再感慨些什么，看到小月这样低头不语，便也不好意思再说，也陪着沉默。空气随即一阵死寂，幽幽的哀伤飘浮在两个人之间。

几公里之外的厦门高崎机场，一架飞机降落在广阔的停机坪上，少见地没有晚点。小星华丽地回到了厦门这片土地上，几个月的北京进修让她疯癫了若干个晚上。现在回来了，虽然有一种回家的归属感，却也不乏一种被打回原形的惆怅。

飞机的机舱门还没开，她就迫不及待地打开了手机，开始群发信息。

“各位想我的，没有想我的，你们美丽温柔、可爱大方、勇敢善良、活泼开朗的邱小星回来了。为什么我的眼中常含泪水，因为我对这片土地爱得深沉。亲。”

指甲店里的小月和莫莫的手机相继响起短信铃声，两个女人各自看着手机短信。

“咦？小星回来了。”莫莫先开了口。

“嗯。是的。我也收到了。估计群发吧。”小月边说边把手机推到一旁。

“你也不回个信息给她？你不是她姐姐吗？”莫莫对小月这一举动表示不理解。

“就是因为这样，所以才没有回的必要。知道就好了啊。”

“也是。我还是要回一下的。”莫莫边按着信息边念叨着所打的字，“小甜心，你回来啦。想死你了。终于又回来祸害厦门了呀。哈哈。”发完回头和小月相视一笑。不过同样的笑容，两个人的心思却是大不相同，莫莫的笑是为有一个朋友回来而开心，而小月的笑却是在于刚刚莫莫的用词。“祸害”，她又要回来祸害这个城市的男人了，用祸害来定义真是贴切得紧。她的脑中渐渐地又浮现出阿哲的轮廓，一抹刘海，一弯笑，那么近却又是自己从不能到达的禁区。

叮叮叮……叮叮叮……叮叮叮

小星手机的短信铃声此起彼伏，群发出去的短信，在第一时间可以收到那么多回复，小星感动之余还有点得意。原来大家还是惦记着自己的，她本还担心因为离开那么久早就被大家淡忘了，现在看来自己的光环还是依然灿烂的。

小星浏览了一下发来信息的名单，阿哲、莫莫、破破……还有老罗，每个人的回复内容都差不多，无非就是欢迎回来和有空聚聚。她看了看拥挤的机舱内，厦门没有像北京有机场快线，不像深圳有机场大巴。因为厦门的机场距离市区不远，所以交通工具基本就是汽车。小星想到等会儿出去，有那么多的行李还要和这么多人排队等的士，不免心生烦恼。

她思索了一阵，找出老罗的电话拨了过去：“在干嘛呢？”

“在家打DOTA呢。”

“在家打游戏，那就是不忙啦？不忙你怎么不回电话给我，就只是发个短信应付而已。”

“哦，我没想到啊。对不起啦。”老罗叼着烟夹着电话还一边敲打着键盘。

“对不起有什么用啊，一点诚意都没有。想必你心里早没有我了。算了，算了，我挂电话了。”

“别别别，那我该怎么办才好呢？”

“我刚回厦门超级想吃厦门菜啊。我想吃土笋冻，想吃海蛎煎，想得我都要死掉了。那种要死掉的感觉你懂吗？就像你追我追了那么久，我突然在你生命里消失了好几个月，你每天望眼欲穿地为我茶饭不思的那种感觉。所以，你来陪我吃饭吧。”小星用带着鼻音的娃娃音娇嗔着。

老罗吐了一口烟，无明显情绪起伏，道：“哦。好啊。你现在在哪里呢？”

“你真是没用心在听我说话啊！”小星不满，“飞机一落地我就发信息给你了。你现在还好意思问我在哪里？你是要气死人家啊！我要挂电话了，再见！”

“抱歉，抱歉！我错了，我错了！”老罗赶忙道歉，的确是打游戏使自己分心，问出那么不经大脑的问题。

“知道错了就好。那既然晚上一起吃饭，你干脆就来机场接本小姐吧。人家行李那么多，打车也不方便。这种感觉你懂吗？就像在海底鱼群拥挤地来来去去，而我需要的是自己独有的一个水族箱。”

小星终于切入了正题。

“哈哈哈。行啊。现在几点？你什么时候出机场？”老罗被小星独有的类比说话风格给逗乐了。

“你真是打游戏打得连看时间的空隙都没有啊！现在是五点四十五。我下了飞机还要等行李，你就六点半前到机场就好了。”

“OK！”

“回答得那么快，有没有认真在听啊！几点前到重复一下。”

“六点半嘛。”

“那你现在还不赶紧关了电脑出门！不然现在高峰期，路上那么堵，你忍心我大包小包的行李站在那儿一直等啊。那种拿着行李在机场外傻等的感觉你懂吗？就好像……”

“好啦，好啦，关机啦。”老罗一边及时打断了小星的继续类比，一边强行退出了游戏，对于游戏和泡妞孰轻孰重的问题上，老罗一直都是很坚定地选择后者。游戏嘛就是在等妞的时候打发时间的工具罢了，绝对不能喧宾夺主。

“嗯，一会儿见咯。”

老罗挂了电话，冲进洗手间，用手沾了点水把头发顺平，喷了点香水，就拿上车钥匙出门了。

老罗，和小星同岁的一个多金男人，87 年的人长了一张 78 年的脸，因为老成的外表从没人把他与男生挂上钩。正常男人的长相，和帅无关，也和丑无关。很不会读书，偶尔没挂科。如果会喝酒是优点，那这个优点是老罗所有优点中最大的部分，喝起酒来特别豪迈，灌人也一并豪迈。听别人说他还特别孝顺，在酒吧基本没人拉得走，但是只要他妈给他个电话，他立马拍拍屁股走人。这样的男人一般都只有一个缺点，就是花心。

不过，小星在这点上倒是看得很开。她找的是男友，找男友和找老公可是有本质的区别的。老公要能给长久安稳，男友要能给激情快乐。书上经常说什么爱情就是要平淡才是真，这在小星看来简直就是扯淡，如果一个爱情从开始到最后都是平淡，那能是爱情吗？爱情就是取男友与老公的优点，但是能具备这样两个优点的基本不可能是一个人。

所以爱情很虚，虚得像老板的肾，虚得像当官的稿，虚得像小姐的眼泪，又虚得像统计局的表。大部分美好的爱情，都是靠听说来的，而被听说总是不可能完整的，所以具体是什么状况却又不得而知了。

老罗对于小星来说，就是个陪伴的角色，可以带给她快乐。至于老罗这个快乐是不是只带给她一个人，她其实并不在意，因为她又不是要他陪她终老，何必拿老公的标准去约束他。

太阳渐渐地离停机坪越来越近，整个机场都镶上了一层柔情的金黄色。这就是人们常说的夕阳无限好只是近黄昏吧。美甲店里也开起了吊灯，服务员把下午遮阳的窗帘束了起来。

“那你现在和托比还有联络吗？”莫莫问道。

小月张开五指，转头问莫莫：“你觉得我指甲上孔雀蓝还是宝石绿？”

“宝石蓝吧。绿色的怎么看都有点诡异。”她的心思完全不在选择颜色上，不过小月问了她也不好意思不理睬，但是对于小月这样又开话题，她终归有点不开心。

“嗯。我也喜欢宝石蓝。”小月选好了颜色，顿了顿继续道，“没有联络。”

莫莫看到自己感兴趣的话题又继续了整个情绪又大涨：“那……你现在对他是什么感觉？”

“什么感觉？”小月品味着这个问题，这是一个很泛的问题，事情刚发生时的感觉和现在沉淀那么久之后的感觉，早已经大相径庭了。小月自言自语地又重复了一遍莫莫的问题：“什么感觉？”

“是呀，什么感觉？”莫莫睁着好奇的大眼睛盯着小月，此刻小月说的每一个字她都有无比的兴趣。

小月沉思了一会儿，缓缓地说道：“我这样跟你说吧，我忠诚于我的爱情。我可以跟一个人很好地相处交往，但是如果要上升到男女朋友，就必须要有爱情的成分。明白吗？”

莫莫点点头。

小月继续说：“对于托比，我不知道他在他朋友圈里怎么定义我的身份。但就我个人而言，我们的关系是一直停留在相处交往。我心里很明白，他对我来说，不是那个可以在爱情位置上的人。起码现在不是，但是我不知道之后会不会被他在感情里俘虏，从而改变了我的爱情观。然而，现在发生了这样的事情，这样的假设也就不复存在了。”

“那你会生气吗？”

“生气？”小月反问，“如果是你的话，你能不生气吗？”

“应该会吧。”

“不用应该，是肯定会的。生不生气是一种情绪，和是不是爱情无关。而且，他欺骗了我，给了我一种虚假的爱情幻想，然后却又自己戳破了。”

“唉。那你现在打算怎么办呢？”

“不知道。其实我对这个事情的状况并不是了解得太清楚。你跟托比认识得比较久，你都不知道这些事情吗？”

“我没去在意这个。”莫莫无奈地耸耸肩。

“我想再多了解一下这件事情的起由。现在我是受害者，但是我没理由打脱牙和血吞吧，曾国藩的那套理论基础是战场，而情场比战场复杂百倍，怎么可以同日而语，你说是吧？你跟他的朋友也熟悉，你帮我留意下吧。”

莫莫恍然大悟，“好的，我明白了。我去帮你打听打听。放心吧，我不会说是你要问的。”

小月心领神会地笑了笑，“我们找个地方吃东西去吧。你选地方，我来买单。”

“嗯。”莫莫满心欢喜地答应了。

良言一句暖三冬，恶语伤人六月寒。比语言更决绝更透彻的是人心。当对一个人的心如冬天一样阴寒的时候，哪怕说出的是良言，也只是计谋。糖衣炮弹地哄着你到悬崖，最后一把将你推下去，这样的人心比恶语更阴狠，当你察觉出寒的时候已经无力回天了。

老罗和小星站在亚尖大排档门口点着菜，亚尖大排档是厦门数一数二的大排档，其实大排档要做得好无非就是厨师要老练，海鲜要新鲜，价格要公道，环境要干净。这店本只是厦大学生出来聚会喝酒的一个据点，然而越来越多的人知道后，生意就越做越大。厦门大排档点菜都不是对着菜单点菜的，而是站在水箱旁边，对着活生生的鱼虾点菜。

小星太久没回厦门了，看到那么多食物真是万分亲切，手自然也是不停歇的，一会儿指这个一会儿指那个。“老板，我要这个虾蛄，椒盐做法哦，还有土笋冻，这个小黄鱼，还有那个什么鱼来着，我也要。”

“小姐，你不如直接点酱油水杂鱼。”老罗在旁边看着小星好笑，才去北京几个月，连点菜都出现障碍了。

“对！对！对！酱油水杂鱼。我一时间忘记怎么说了。”小星激动着，仿佛已经闻到酱油水混着老萝卜干的香味了。“还要炸丝丁鱼！炒竹蛏！腌血蚶！海蛎煎！……”小星每道菜都用一种久旱逢甘霖的激动念出来。

“还有红烧小鲍鱼。”老罗点着烟在旁边提醒着。

“对！还有红烧小鲍鱼！”小星转身向老板重复了一遍，“里面萝卜干多放点，那个萝卜干太好味了！”

“呵呵，你怎么一副资深游客的样子？”老罗取笑着小星。

“你怎么说话的，什么叫资深游客，是资深‘阿朦郎’（闽南语：厦门人）好吗！”小星一副不高兴的样子，“去，去，去。你去旁边找位置坐着，别站在我旁边抽烟，我不抽烟的时候特别讨厌闻到烟味。那种感觉你懂吗？就好像经期的少女看到妓女在接客。”

“好啦。”老罗笑呵呵地走开了。

小星继续情绪高昂地点着菜。一般吃大排档，海鲜点个五六样也不为过，反正海鲜吃了不会胖，所以人们吃起来更是肆无忌惮。大排档的上菜速度总是很快的，但是小星吃菜的速度也是很快的。老罗边吃边饶有兴致地看着身边这个女生。

“你吃起来真是很直接啊。”

“直接？”小星边吞着海蛎煎边疑惑，“什么叫直接？”

“就是和别的女生不一样，她们都是吃得比较慢吃得比较……”老罗正在思考该用什么词，小星就打断了他的话。

“我懂你的意思了。我受不了那些装气质的女生，那些女生在家还不是一副邋遢的样子，在家吃泡面还不是吮吸得很大声。然后在男人面前就整个异灵附体似的，哎呀，好烫，哎呀，我受不了这个味道；哎呀，这个好黑呀……你要我装的话，我也会呀。你觉得有必要吗？”

“呵呵，不用不用。那些女生我见多了，我还是比较喜欢你这样直率的。”

“你不要无时无刻地都在表白好吗？给我压力很大啊。这种感觉你懂吗？算了，你不可能懂的，应该没有女生会无时无刻都在跟你表白。”

“反正你抗压性很强。”老罗笑呵呵地说道。

“哼……”

叮叮叮……

小星的手机响了，小星掏出来看了一眼，是阿哲。

叮叮叮……

小月的手机也响了，小月掏出看了一眼，是托比。

小月按掉了电话。小星接起了电话，“喂？什么事情？”

“也没什么事情，就是你回来了，想约你喝咖啡。”阿哲声音轻轻的，很好听。

“我现在和朋友在吃饭呢。”

“哦。那你吃完了，我们去喝吧？”

“去哪里喝啊？”小星问道。

“都可以啊。反正厦门咖啡馆也就那几家。”

“那几家！”小星提高了一个分贝，“厦门地图拿出来随便扎三个孔都可以扎到个咖啡馆，多得和米一样，你居然说就那几家。你平时有没有出门啊？”

“好吧，好吧。那你想去哪里？”

小星语气淡淡地说：“算了，我太累了，我吃完之后就打算回家了。我们改天约吧。”

“哦……”

小星挂了电话。而小月的电话依旧在响，她已经按掉了两通，这是第三通了。算了，事不过三，还是接了吧。

“嗨。”托比打着招呼。

小月不吭声。

“嗨，你在吗？”

小月依旧缄默。

“喂？”托比又问了一次。

“什么事情？你有什么话就直说吧。”

“那个……我想和你好好聊聊。”

“我们很熟吗？有什么可聊的？”小月冷言反问。

“你别这样嘛，有些事情我想当面跟你说，电话里说不清楚。”托比央求着。

小月不作声，因为她有太多想骂的话了，可是托比又是这样一副可怜求和的态度，她没有办法天马行空地突然发飙。

“我现在就在你家楼下，你愿意下来见一面吗？”

“不愿意！”小月后悔为什么让托比知道自己的住址，今后没点感情基础的人还真是不能往家里带。

“好吧。我也觉得要你下来机会不大，只是想试试。”托比弱弱地说，“你可以听我解释下吗？我想说个事情给你听。”

小月清了清嗓子说道：“托比先生，我想你弄错了吧。我们根本没有什么误会啊，没有误会何来的解释呢？”

“这……”托比一时间不知道该说什么。

“你没话说了吧。这样吧，我问你答，你只要回答是不是就好了。怎么样？”小月以一副审判官的样子居高临下。

“好吧……”

“你工作的事情是不是假的？”

“是。”

“那你跟莫莫那些人说你在读研究生也是假的，是不是？”小月将她好奇的事情一个接一个地求证。

“是。”托比的声音越来越小。

“所以你之所以有钱有车，是因为你被那个老女人包养了。是不是？”

“这……事情是这样的。你听我说……”托比试图解释。

“你只要回答是或者不是就好了。”小月打断了托比的话，她不想听解释，解释只是说辞，一个让真相看起来圆滑一点的说辞罢了。

“什么是不是？”

小月深吸了一口气，“你是不是被包养了？”此时她是希望托比告诉她不是，说他并没有被包养了，她所猜想的一切都是错的。

“是……”托比缓缓地说道。

小月的心寒住了。原来亲耳听到托比承认和自己猜测到的感觉是两码事，亲耳听到受的伤真的那么刺痛。小月告诉自己，这只是生气，仅仅是生气，不是因为喜欢上了托比而伤到了心，绝对不是。

“那你从认识我到现在都是在玩我吗？”小月又继续问了起来。

“当然不是。我是真心喜欢你的！”

“那你也是喜欢那个老女人的吗？”

“不是。我和她之间的事情比较复杂，一时间说不清楚。”

“呵呵。”小月冷笑了一下，“能有多复杂，都是包养的关系了，能复杂到哪里去？还不是周瑜打黄盖的关系。”

托比沉默，他不知道怎么去说，毕竟他也从未和喜欢的人说起过这样的事情。

“那我再问你，你喜欢我，不喜欢她。是吧？”

“是啊。你刚刚不是已经问过了吗。”

“那你愿不愿意彻底离开她，和我在一起？”小月一个字一个字说得缓慢却也坚定。

“我……”托比一时间不知道如何做回应，“我需要思考一下，可以吗？”

“可以。我知道你也有你的难处，大家都有难处。但是你要思考到什么时候，你总得给我个期限吧。”

“期限……我不知道。”托比无奈。

“不知道？！你也太没有诚意了吧，居然不知道。”小月讥讽着。

“不是没有诚意，这样吧，你说给我的期限是多久。你来决定吧。”托比把决定权交还给小月。

“这样吧，周末就七夕了。就七夕之前吧。你如果约我过七夕就表示选择了我，如果没约我，今后就别再让我看到你。”

“好吧，听你的。”

“行了，挂了。我很累，不想和你说了。拜拜。”

小月匆匆地挂了电话，重重地深呼吸了一口气。我为什么会要给托比一个机会？小月在心里问自己，莫不是我已经喜欢上他了，我舍不得他？难道我已经对他有爱情的成分了吗？可是为什么要让我知道他是这样的人之后还要让我爱上他呢！我怎么可以去爱上这样一个人呢！他有什么值得我爱的？他是被人包养的啊！这样的爱情怎么可能会开花结果呢？

小月越想越悲伤，她把自己甩到了床上，用枕头蒙住头，为什么会变成这样，之前那个对托比只是玩乐态度的小月哪里去了，怎么就悄无声息地变了呢！还是，我只是想在这场游戏里赢得胜利，只是想打败那个女人，和爱情无关，更与感情无关？对！肯定是这样的。小月疏导着自己的心绪。希望情人节快点到来吧。这样等待答案的日子，真难熬。

这些天，小月过得魂不附体的，小星看到小月这样，还以为是自己去了北京几个月，小月的性格已经发生了极大的转变。小月心思全部都在时间上，算着时间如何一分一秒地熬到周末。这些天，托比没和她联络，她的心空落落的。

这时候，莫莫的一个电话来了。

"有个惊天八卦。你要听吗？"莫莫连打招呼都没有，直接进入了主题。

小月愣了一下，"关于托比的？"

"是的。"莫莫快速地回答。

小月咽了一下口水，"说吧。"

"据打听，托比已经结婚了，还有了孩子。"

"什么？"小月如五雷轰顶。

"你别打断我，让我一下子说完。"莫莫把话接了过来，继续说道，"托比结婚的这个对象在老家，也就是说不在厦门。你看到的那个老女人，是包养他的没错。"

小月一时间接受不了这样一个事实，这听起来怎么都不像是真的。这样的剧情太超越现实了。

莫莫接着说："所以，你不是小三，你是小四。"

小四？！小月脑里不停地回响着莫莫的这句话。太讽刺了，自己居然是别人的小四。这样的男人还有什么值得留恋的，居然提都没提过他有老婆的事情，还一副很有诚意要在自己和那个女人之间做选择的样子，太惺惺作态了吧！

"小月，你没事吧？"莫莫关切地问。

“我还好，还支撑得住。谢谢你。”

“我也是为你好才和你说这些的。接下来的路你要怎么走你自己决定吧，我不好给你意见，因为这实在是太复杂了。”

“嗯。我明白。我会想清楚的。我现在心很乱，先说到这吧，我要静一静。”小月气若游丝地说着，这个事情对她的打击实在不小。

“嗯。Take care。”

和莫莫通完电话之后，小月有近一个小时，头脑里都是完全空白。她是不是中邪了，怎么会遇到那么不可思议的事情。她在心中不断质问自己，我到底是人生的哪个环节出了错？为什么上天要这样对我？自己不过是想要一份简简单单的爱情，为什么连这个都变成了奢侈的梦想。情人节的约定还等吗？还有等的意义吗？

小月坐在床上，无声无息地落下了泪。这泪水，是难过？是悲伤？还是委屈？可能都是吧，又可能都不是。她此刻的确需要哭一场，她好累，累得都没力气大哭，只能这样默然地流着泪。

她拿起手机，给托比发了个信息过去。她不想讲电话，因为她不知道还有什么可说的，而且她也不想让托比知道自己居然哭了，真是太没用了。

“我决定不等你的答案了，我要离开你的世界。这是最后一个短信。情人节的约定就算了吧，我不想等了。哪怕你选择了我也无济于事，因为我对你没感觉了，甚至开始恶心。最后三个字：给我滚。”

小月发出了信息，她本以为发完了信息自己可以豁然许多，可是不料心依然很难过。没过多久，托比的电话来了。小月按掉。托比又继续打，小月还是按掉。但似乎没有什么事不过三的原则，反复几次，托比似乎完全没有放弃的意思。小月索性把手机给关了。

她好累，她想睡一睡。虽然睡醒之后不知道一切会不会就好了，但是起码睡着的时候她不会烦恼不会忧心。小月真的太累了，爱情犹如美杜莎，和它斗法耗尽了她所有元气。

不知道过了多久，小星敲着她的房门，大喊着："起来吃晚饭了。催了那么多次还没反应啊。"

小月朦朦胧胧睁开眼，已经到晚饭时间了，怎么睡了那么久，晚上千万不要失眠啊。现在几点了？小月把手机打开，哆啦A梦的头像亮了起来。随之而来的是托比的短信，好多条，铃铃铃的吵个不停，吵得小月烦躁，她连看都不想看，一并删除了。删除后觉得这个世界终于安静了，也回到了正轨，她可以好好地回到自己的生活了。

"我睡觉不可以啊！"小月朝门外依旧在敲门的小星喊道。

"哦。睡觉就说睡觉嘛，一句话不说还以为你死掉了。"小星在门外对喊着。

"难道你睡觉会说话吗？真是的，蠢货！"小月有时候也庆幸自己有一个妹妹，可以把所有不爽的情绪和不好听的话全部发泄在小星身上，而小星没心没肺的性格又基本听过就忘了。不过，小月从来没有和小星交心地谈论过感情，没有理由。因为如果要说理由的话实在是太多了，说来话长，不说也罢。

晚饭很快就吃完了，小月吃得很少，因为没有胃口，经历这样的事情没有胃口也是正常的。她觉得她没在吃饭的时候控制不住情绪哭起来已经算是很有定力了。

小星和小月收拾着碗筷，小星开始有一搭没一搭地和小月聊天："你那些要出国的同学雅思过了几个啊？"

"不关心，我又不想出国。"

"哦。那你有机会帮我问问，特别是那些过了的人。"小星谄媚地笑着。

"你笑得那么诡异干嘛。你要问什么啊？"

"就是问问他们是怎么过的呀，有没有什么助考方式，那些非正规的助考方式。"

"你！你原来是想买答案啊！"小月对小星要买答案的行为大为不齿。不过也难为小星了，她从小读书就不好，而自己属于班里中等偏上的，自然在考试这件事情上，两个人的世界观是相差甚大的。

"不要那么惊讶吧。你补考的时候，难道就不希望有一份答案从天而降解决你的燃眉之急吗？"小星不满地撅起了嘴，"况且这个是叫'助你成才'懂不懂啊？"

"真是被你打败了，回学校的时候再帮你问问。"小月拿了块布擦着桌子。

"嗯！好啊。你们这种会读书的也特别会找这种天外一笔。"

小月反驳道："你搞错了吧，是你们这种不会读书的才擅长这样的旁门左道。"

"随便，随便。"小星边洗着碗边说，"能有就好，什么途径不重要，结果才重要。"

是啊，结果才是重要的。小月心里暗暗地想，结果如同自己现在这样，就算过程再好又如何？过程永远都只是回忆，而结果才是现在。没有人可以靠回忆撑一辈子的。

小星看小月没有回应，就又找了一个新的话题，“你七夕怎么过呢？七夕情人节礼物你买了没啊？我等一下要去逛街挑一挑，你要不要一起啊？”

“你要买给谁啊？阿哲？”小月下意识地回了话，可话一出口才发现原来自己还是惦记着阿哲的，听到小星要买礼物给阿哲，还是会吃醋的，这是不是说明自己还是爱阿哲的。如果爱阿哲的话，那对托比的就不是爱了，那自己就没必要再为托比难过伤心了。

“当然不是阿哲了。”小星装得很神秘，“我才不告诉你是谁，反正你也不认识。你要不要去呢？”

“不去。外面那么热。我才不想出门。”小月拒绝了小星的邀请。

“好吧。”小星把洗好的碗筷放进了消毒柜里，拍了拍手，和小月一起上了楼。

情人节，基本都是用来晒幸福的时候。平时没有很恩爱的两个人，如果不想分手的话便会趁着这个节日好好弥补一下感情。而平时很恩爱的人，更是会重视这样的节日，只不过重视的方式是一般人想象不到的，他们会有专属的庆祝方式，幸福对他们而言就是一个城堡，没有人能够打扰。

小月一个人在家里发呆，刷着微博。看着身边的朋友秀着恩爱，不禁冷笑了一下，这年头真是锦衣不可夜行啊，浪漫都一定要有观众。她刷着刷着突然看到一个情人节蛋糕的图片，鲜艳的颜色画着可爱的图案，一定很好吃。她突然想吃蛋糕了，疯狂地想。人总会有这样的时候，本来无意的扫视，突然看中了，就如同着了魔一样，越得不到越是想得紧。小月正是这样的状况，她觉得如果她此刻没吃到蛋糕，她整个人生都废掉了。而且，今天还是情人节，没情人陪伴，自己要是再不对自己好一点的话，活着真是没意义。她怀念马可波罗酒店的草莓蛋糕。草莓，多美诱人的字眼啊。

小月把持不住，随便打理了一下，懒得梳头便戴了一顶贝雷帽就出门了。七夕的厦门真是很热，在夏天过情人节怎么都觉得少了点韵味。就如同在澳大利亚过圣诞节一样，虽然可以冲浪，但始终还是会怀念冬季。貌似情人节就是应该要冷点，这样才有过节的气氛，两个人在街上紧紧地靠在一起，靠近说话的时候会有暖暖的一口白气呵出来。女人躲在男人的怀里偶尔使点小坏，然后，两个人再斗下小嘴什么的，一味地纯浪漫就没意思了，就是要带点这样打情骂俏的成分才来得有趣。然而此刻天气却是如此炎热，靠得近点都觉得闷热，更别说什么搂搂抱抱了。

马可波罗酒店很快就到了，小月冲到酒店的糕点柜台："先给我一个草莓蛋糕。"

服务员微笑地问"您好，小姐，请问需要包装吗？"

"不用，直接给我就可以了。"小月接过蛋糕，立马就开始吃了起来，像是一个吸大麻的人，瘾犯了好不容易找到了大烟。小月边吃边盯着玻璃柜的糕点，来这里一趟就吃一个草莓蛋糕实在太亏了，还要打包几块回去才好。

小月正仔细地挑选着的时候，一个女的在她身边说道："小姐，帮我拿两个拿破仑派。"

小月一听到这话立马神经紧绷，拿破仑派自己也想要的，而且就剩下两块，她全要了自己可怎么办。小月顺着声音的方向转头，一个眼熟的女人，似乎在哪里见过。

这个微胖的体态……中年的浓妆面孔……

小月若有所思地回忆着。

微胖……中年……

她！是她！居然是她！这不就是包养托比的那个女人吗？真是冤家路窄！

“你认识托比吧？”小月没端由地冒出这一句话。她开了口之后自己也后悔了，为什么要开这个口，接下来要说什么呢。

旁边那个女人惊讶了一下，随即微笑道：“嗯。我们见过吗？你是？”

“算见过吧，起码我知道你，知道你和托比的那些特殊关系。”

那个女人听到这句话的时候，脸色骤变，“你想干吗？”

“没什么。就是想看看你是不是那个人，没想到真那么巧。”

“哦。好吧。”那个女人买完单拿着两个拿破仑派准备转身走人。

小月大步迎了上去，“你就不好奇我是谁吗？”

“猜都可以猜到，何必问呢。”她说得很淡定。

“托比说他喜欢我，要离开你和我在一起。”小月被这个女人的气场给震吓住了，不甘示弱地撒起了谎。

“是吗？那你让他自己来和我说，没必要劳烦到你。”

小月愕然，但是仍不放弃地说着，“那……那你不在意你包养的人在外面和别的女人搞不清楚吗？”

“呵呵，不好意思，小妹妹，如果我的男人嫖了你没给钱的话，我帮他给，你开个价吧。”那个女人两只手交叉在胸前，一副不屑的态度瞧着小月。

小月听到这句话后心里的火嗖的一下蹿了上来，她试图据理力争，却一个字也吐不出来。她此刻超级想骂人，但是面对对手如此神闲气定，如果她先飙了脏话她就输了，输得连气质都没有了。小月恶狠狠地看着站在眼前的这个手段老道的老女人。

只见那个女人冷冷地笑了笑说道：“我知道你不是这个意思，我也猜得出来，你是想告诉我托比的事情，告诉我他并非对我忠诚。我想你并没有恶意。对于这个事情想必你也是受害者吧。”

小月心中的怒火被抚平了一些，不过她仍是不知道如何接这个话，她连想说什么都没有思绪。

那个女人继续说：“我无所谓，反正我要的他能给我就好了。他对我而言就是功能性的角色，只要发挥好他该有的功能就好了。其他的我不管。看样子你还在读书吧，你年纪太小。不懂是正常，等你懂了你就老了。”

小月张了张口，欲言又止，因为她从心理上被这个女人打败了。她此时说的任何话都是幼稚的表现，与其如此，不如闭嘴好了。

“你要怎么对托比，这是你和他之间的事情。”那个女人带着一抹深不可测的笑容说着，“不过麻烦你记住，今天是我一个人遇到你，我也就不计较了。但是，如果今后你要口无遮拦地传播我和托比之间的事情的话，我可就没办法放过你咯。”

小月怔住了。

这，这算是威胁吗？可是听口气又不太像啊。小月反复琢磨着这句话的深层含义。然而等她回过神来的时候，那个女人早已经消失在电梯里了。

这……是她除了草莓蛋糕以外的第二个情人节礼物吗……

第四章
太多人，只剩拥挤

在我们的生活中，爱情就像一间餐厅里的位置，狭路相逢的两个情敌，就像来到这个餐厅里的两拨人。一拨有十个人，一拨有五个人，他们来到餐厅里，发现都没有位置了。这时候怎么办呢？是十个人的这一拨更需要位置，还是五个人的一拨更需要位置呢？其实，我们是无从判断的。两拨人的人数就像人的自身条件，我们不能够单从人的数量上判断谁更需要爱情，就如同我们不能够从人的自身条件的高低上判断谁更需要爱情。

假设现在十个人的一方拿到了六个位置，五个人的一方拿到了四个位置，这时候又是谁更需要位置呢？是不是依旧是无从判断呢？谁更需要位置是不能从谁得到的多、谁得到的少进行判断的。所以，谁更需要爱情也不能够从已经得到的多与少进行衡量。幸福总是如履薄冰，太多人，就只剩下拥挤。

叮叮叮……

电话铃声响起了，这突然响起的声音打碎了咖啡馆的空寂，也划破了小月的回忆，将小月的思绪从记忆的夏天拉回了现实的冬天。托比的模样、灰暗的场景、悲伤的情绪一下散开了，就像做了一个噩梦。真不该回忆那么多，过去不过就是一个死去的天体，只是在人们的想象中发光，多想无益。小月拿起了手机，阿哲的名字显示在屏幕上。相比托比这样的插曲，阿哲看起来更像是自己的真爱，所以对阿哲是不能放手的。阿哲终于打来了电话，可是这电话会带来什么讯息呢？一丝愉悦掺夹着不安闪过小月心头，她接起了电话。

“嗨，我刚刚在忙点事情。”阿哲解释着，口气却听起来让人觉得沉重。

“呵呵，没事，那你现在可以给我答复了吗？”小月故作轻松地说。

“答复？”

“是呀，明天不就是圣诞了嘛，你明天怎么过呢。我还在等你安排呢。”

“这……小月啊，有些事情，我明天跟你细说吧……”

“为什么要明天？”小月打断了阿哲，“你怎么总是明天明天又明天的。男人没诚意所以才什么都明天。”

“因为这电话里头说不清楚。明天，明天跟你说好吗？”

“怎么会说不清楚，我听的懂中文，你说的也是中文。你说的字，我完全可以一个字一个字边听边写下来，我听不懂我不会看文字吗。看我还看不懂吗？！”

“这个当面说比较好。”

“你是不是要告诉我，你明天要跟小星一起过？她都要出国了。你没戏的，她不喜欢你，你忘了吗？”

“……”阿哲一阵沉默：“你要再这样无理取闹，我们没话可说。”

小月突然愣住了，自己性子一着急就没把握住分寸，她马上温顺了起来，稳住语气说道，“那你当面是要跟我说什么事情？”

“要当面说的，就见了面再说吧。我还有事情没忙完，先这样吧……明天下午咖啡虫见。”

“好吧。那我可以问一个问题吗？”

“怎么？”

“那个……你明天是要跟小星过圣诞吗？”小月小心翼翼地问着，生怕又触碰到阿哲的防卫线。

“没有。”

“哦……”小月舒了一口气，只要不是小星，那就没有什么大问题。明天说的事情估计也是一些不痛不痒的内容，起不了什么致命伤，只要小星不再出现在他们两人的剧本里，自己还是有机会的。

小月越想越觉得整个人轻松起来，她似乎忘记了当面谈的严重性。比如一个人向另一个人打电话表白，另一个人如果说，我们见面谈谈好吗。那基本属于完蛋，只要是会答应你表白了，早就在电话那头满心欢喜地答应了，然后两个人隔着电话卿卿我我一番，所以见面谈等同于拒绝。只是，倘若不是小星的话，又有什么需要见面谈的呢……小月不解。

第二天下午，小月早早就来到了咖啡虫。

午后的咖啡虫，比晚上多了一份暖意，也多了一些光亮。之前来的时候都是晚上，灰暗的灯光下看不清墙上的装饰，漆黑的一片一片，只能隐约感受到墙上的不同寻常却无法看清，很像人在爱情里看不清自己。第一次来这里还是跟小星一起，那时候听同学说这里的提拉米苏是厦门做得最好的，别家的提拉米苏都是蛋糕切下来的一个小三角块，而这里的却是长方体的形状，有很浓郁的朗姆酒香味，口感也格外的酥绵，而一般的提拉米苏的硬度都做得和芝士蛋糕差不多，完全感受不到那种在口中绵绵的融化感。

提拉米苏一直没变过，现在吃起来还是像记忆中的感觉，只可惜自己跟小星已经没办法像以前那么亲密了。双胞胎姐妹变成这样，算不算一种悲哀？想到这些，小月淡淡地叹了一口气，爱情可以让人变得诗情画意，也可以让人变得冷血残忍。

“咯吱”的一声，咖啡虫的木门被人拉开了。有客人进店了，一个高挑的女子，华丽的皮草外套下是一套抢眼纯白色的小洋装，纤细而白嫩的手臂，蓬蓬的棕色短发，转头过来一张隐约面熟的脸孔——莫莫。居然那么巧，好久不见的莫莫居然在这里遇到了，小月刚准备伸手打招呼，却看到莫莫身后紧接着出现了一个男生，戴着鸭舌帽，低着头，帽檐一直挡到了鼻翼的位置，是阿哲。小月凭感觉就可以辨认出来，似乎相处久了的人都可以通过一些常人察觉不到的细节辨认出来，比如脚步的频率、肢体的语言等等。莫莫和阿哲，他们两个怎么会一起出现呢，小月皱起了眉头，疑团丛丛。这时候，莫莫也看到了小月，她朝小月笑着挥了挥手，领着阿哲坐到了小月的这桌。

“好久不见呀，小月。”莫莫先开了口。

“呵呵，是呀。圣诞快乐。”

“圣诞快乐。”莫莫浅笑着。

小月对莫莫报以微笑的时候，心里却在担心着莫莫会不会把自己先前跟托比的林林总总告诉阿哲。在托比的事件之后，她与莫莫有一段时间没联络了。而在这段没联络的时间里，眼前这个女人会不会为了男人而出卖友情呢？

女人中是有那么一个种群，她们心里只有男人没有姐妹，会毫无保留地把其他女性朋友的琐事八卦在男人面前倒背如流，并且时不时地添油加醋，还总是一副掏心掏肺地为男人心疼、为男人抱不平的样子。目的就只有一个，就是让男人们觉得她比别的女人正派、比别的女人高出一层，搞得好像除了她自己是赵敏，别的个个都是周芷若。如果莫莫是这个种群中的女人的话，那在阿哲心中，自己的形象又会被扣分了吧。现在也无从求证莫莫究竟是不是这样的女人，只能见机行事，走一步看一步了。

“圣诞快乐啊。你来很久了吗？”阿哲接过话题。

“还行吧。喜欢这里，呆久点也不觉得久。”

“这是莫莫，听说你们之前就认识了。”

“嗯，是呀。在她的生日 Party 上……”莫莫果然跟阿哲什么都说了吧。也有可能只说到了认识，没再细说下去。到底是哪一种可能只能取决于莫莫的人品了，而小月能做的就是尽量把那次见面描述得云淡风轻一些。

“嗯。既然是认识了，我也比较好介绍。莫莫是我现在的女朋友。”

这句话一出，空气凝结了，声音静止了，世界昏暗了。

小月在心里问了自己一句，刚刚阿哲说了什么？他刚刚说莫莫是他的现任女友，小月自己回答了这个问题。这就证明自己没有听错，没有必要像电视剧里那样装作没听清楚，呆滞地再问阿哲一遍“你说什么”。小月瞬间明白了一切，莫莫为什么会出现，阿哲为什么要约她当面谈，一切都有了解答。阿哲在被小星甩了之后，有了新女友，这个女友不是痴痴守候的自己，而是天外飞来的一笔。

难道男人的世界里只有面孔吗？不是他喜欢的女生类型，做什么都是竹篮打水吗？可是如果面孔不对的话，小星又是用什么把阿哲迷得神魂颠倒的呢？太多的疑问，一下子堵在小月的心头，不知道该先问哪句。然而此刻的她，又该要用什么样的情绪呢，是发怒还是委屈？发怒会不会吓到不明状况的旁人。如果只是委屈，阿哲又怎能知道自己心中此时的不甘与愤怒呢？

小月像死了一样，愣在那里，说不出话，也表达不出情绪，就只是坐在那里。阿哲和莫莫也安静地坐着。

服务员端了两杯水过来给阿哲和莫莫，“这是菜单，你们需要点些什么呢？”

阿哲接过菜单，扫了几眼，正准备开始点东西。

突然，小月站了起来。

“我还有事，先走了。抱歉。”小月迅速地起身、取包、告辞、微笑，话毕笑容荡然无存。

这或许是小月最高的修养境界，没有发怒，没有哭泣，只是离开。离开了阿哲和莫莫，离开了咖啡虫，这个咖啡店今后她再也不会去了，那阿哲和莫莫呢，今后也是不见了吗？小月没有答案，她现在只知道她恨小星，恨阿哲，恨莫莫，恨所有一切令自己不顺心的人与事，她像是被世界遗弃了一样。她想挖出他们的心看看他们心里都装了什么，也想掰开他们的脑子看看他们脑子里都想些什么。

她的愤怒源自她对朋友已经不再信任，她的难过在于她如何努力都没法成为阿哲要的人。小月走在街上，风刺骨地凉。她在心里暗暗地对自己喊话。不！不是我被遗弃！而是我要抛弃有他们的这个世界！抛弃他们所有的人！

圣诞的厦门，如同陈奕迅的歌，“一个从不下雪的城市，记忆里却堆满冷的感觉”。于是前些年快过年时，例如巴黎春天这样大型的商场都会弄些假的飘雪来满足这个城市的缺憾，只是有时候缺憾越弥补越显得欲盖弥彰，就像单身的人越是成群结伴地狂欢越是显得孤单。

小月就是这些单身人中的一个，不过她没有参加朋友邀约的活动，她没有心情。她真的没有办法这一秒伤心欲绝，下一秒就笑脸人前。她也不想破坏一年一度的圣诞狂欢，于是便选择了独处。独处也许是她能够释放情绪的唯一方法了。

关于用独处来释放情绪的方式，估计是小月和小星这对双胞胎罕有的共通点了。小星此时也很低落，她低落的起由是这样的……

“老罗，你出来陪我过圣诞。我原有的局出了点状况，现在换你上场了。”小星隔着电话带着傲娇的语气说着。

“我约了别人啊。”

“你约了别人？是一群人的聚会还是两个人的约会？”

老罗不笨，一听这话就听出了苗头。“哈哈。你吃醋啊？”

“好奇罢了。”小星一副无所谓的语调。

“圣诞当然是约会啦。”

“那对方是美女吗？比我好看？”小星紧追不舍地问。

“当然没你好看了啊！”

“那你是不是男人啊，你约她不约我？”

“约你是当然想的啦。但是，你又不肯做我女朋友。相比之下，这个女的对我很好，我感觉她在追我哦。要是这个节日不跟她过一下的话，我怕就保不住这个人了。美女，你要体谅我呀。有时候不能只追着外头的彩旗飘飘，家里的红旗也是要时不时照顾一下的。”

“你个死样，你也说得太直接了吧。”小星极为不满。

老罗听出小星生气了，立马转了话锋哄着她：“其实你肯定不缺人约的。你只要在微博上发个帖子说自己晚上有空，肯定一大帮男人涌上来，那个时候你肯定连我是谁都不记得了吧。”

这话小星倒是乐意听，听起来觉得自己特受宠的感觉，不过嘴上还是坚持着：“一码事归一码事。你怎么可以跟我说得那么赤裸裸，我是女生好吗？又不是你哥们。你也要顾及我的感受呀！这种感觉你懂吗？就像你身边是做豆腐的西施而你却一直在念叨着貂蝉斟的美酒。虽说是事实，但是我也会有小情绪的。”

“主要是你和我是同类我才说得那么直白呀。你说是不？”老罗在电话那头安慰着小星，“这样吧，我晚饭尽快结束。然后，我就把她送回家，不和她续摊了。我晚上在艾美订了一个房间，如果你晚饭后还有空，我就接你过来。怎么样？”

“你去死！”小星满腹怒火地挂掉了电话。老罗算个什么东西啊，不就是自己一个无聊时打发时间的小跟班罢了，竟然胆敢把我当作备胎处理。什么跟什么啊，癞蛤蟆做了光子嫩肤就以为自己是青蛙了吗？这种备胎的邀约不要也罢，要不是某个人腾不出时间来，哪里轮得到老罗得瑟！

圣诞夜马上就要来了，小星不知道要去哪里，小月也想不出去处。

天色已经暗了下来，路边的灯光点缀着这华丽节日的街道，来来往往的车流也亮起了车灯，绚烂的夜景工程和无数只大大小小的圣诞树都活跃起来，餐厅也开始布置今晚的圣诞盛宴。

小星没有胃口，她不想吃东西。她看了一眼房间的画具，又看了一眼房间的时钟。现在还不算晚，去画画吧。等我出了国，金发蓝眼、六块腹肌的老外帅哥还不是一把一把的，老罗算个屁，到时候有他后悔的份儿。

小月也没有胃口，她也不想吃东西。但是，她想喝酒，她认为现在是一个适合买醉的时刻，只可惜买醉也得有正确的时间和正确的去处，特别是一个人在傍晚六七点想买醉更需要有适合的地方，才不会让自己的悲伤与这个节日格格不入。她走着，突然眼前晃过一部公交车，她决定坐公交，去哪里不知道，反正去哪里也无所谓。

上了公交车，小月选择了右边倒数第二排靠窗的位置，这个位置她很熟悉，高中的时候每天清早上课都是选择这个位置，靠后又靠窗，可以看景色又无须担心需要中途起来让位。对于早起的学子而言，在车上小憩个几十分钟或是背几个单词都是很关键的，不得不用心盘算。

而小星就不需要这样闻鸡起舞。她学美术，每天就是半自然醒状态去教授的画室里画画，听说边画还可以边吃东西边聊天，而且高考还没有数学这个要命的学科。这样想来，小星似乎一直都比自己命好，是不是因为她命好所以命中注定阿哲为她着迷，而自己是不被上天宠幸的那个，所以在感情上才总跌跌撞撞。小月拿出了手机，没有未接电话，也没有未读信息。她的离开甚至没有收到阿哲一丝的关怀，抑或阿哲在庆幸能够这样轻易地摆脱了自己，那自己也甚是可悲。小月不愿多想，她把手机关机了。

她想静一静，可惜公交车里总是响起《荷塘月色》或是《套马杆》这样的歌。她骂了一句脏话，无奈地看向窗外……

阿哲和莫莫在咖啡虫门口。

“哦，天好冷呀，怎么那么冷呀，冻死本小姐我了，你说是不是呀，My dear，my darling，my honey sweet，my 小哲哲。”莫莫一把挽住阿哲的手臂，试图牵住阿哲的手，发情地宣泄大喊着。

“够了，哥哥我要吐了。”阿哲一把把莫莫推开，整了下帽檐。学着莫莫娇憨的语气，“你跟这个天气一样流氓。”

“咦？什么意思？”

“动手动脚，冻手冻脚。”

“哈哈哈哈。好俗气的笑话哟。”莫莫被逗得大笑，笑完之后拍着阿哲的背，嫌弃地说：“哎呀呀，你这个死没良心的，早知道你是这样狼心狗肺的死男人，我就应该在小月面前逼你对我来点山盟海誓情比金坚的情话。”

“姐姐，你哪里来那么多四个字的成语啊，你以为你厦大的啊。”

“是呀，人家就是吓大的呀，吓大的……”莫莫扯起了高音。

“收声。谢谢。”

“哎哟。死样，你不陪人家玩了呀？怎么样，我刚刚的演技棒不棒？”莫莫摆出一副影后等人称赞的姿态。

“你刚刚有说话吗？不是就我在说吗？”阿哲瞟了莫莫一眼，收起了笑容，忧郁地说道，“不知道她会不会恨我，不过这样对她也好，长痛不如短痛。”

莫莫瞬间一把拉住阿哲，紧紧盯着：“你在质疑我吗？我不管痛不痛，我只管无声胜有声，懂吗你！你可以质疑我的演技，但是，不能质疑我的床技……啊哈哈哈哈哈。”

“哎哟，姐姐你饶了我吧。我不质疑，我也不想体验。”阿哲无奈了，“你头脑里都是屎吗？怎么没点健康向上的东西。”

“健康向上的话我能来陪你演这一出吗？这种事情多损呀！要不是我早已将纯真抛诸脑后，你哪里来的女主角跟你出双入对呀。我要是健康向上，我现在就给小月打电话告诉她，我们刚刚就是作秀让她死心。”

“停停停，打住吧。你现在要去哪里过圣诞夜啊，要我送你吗？”

“不用，我等人接。你呢？”

“要你管，我先走了。”阿哲拦了一部的士，“你今晚不要疯太晚啊，睡前记得吃早餐呀。拜拜……”

“拜拜……”莫莫挥了挥手，目送阿哲。看了看自己刚刚抓住阿哲手臂的那只手，莫莫苦笑了一下，他快乐就好了吧……

载着小月的公交车摇摇晃晃地开到了轮渡。轮渡是厦门大多数公交车都会抵达的一个终点站，到了轮渡你就得下车了，想要继续坐下去就要去前面再投一块钱。而在厦门众多公交当中有一个2路公交车，这2路公交车全部都是女司机，也算是厦门公交的一大风景。小月下了公交车，顺着人潮往街旁走，轮渡老早之前不叫轮渡叫海口，而码头那有一个公园叫海滨公园，如今在24楼的必胜客当时还是在海滨公园里头呢，像是在花丛中的一块发光的宝石，小朋友们都特别爱去。

小月站在码头上回忆着，她还依稀记得小时候爸妈偶尔会带她们俩来这里吃一顿，对于那个年代的小朋友而言，那时候必胜客算是很贵的场所了，而且必胜客里总会准备一些小游戏，例如涂色啦、贴纸啦什么的。

小月记得比较清楚的一件事是有一次参加一个涂色游戏，自己很认真地涂了一幅画得到了奖励，奖品是一个很漂亮的转笔刀，那是自己努力得来的成果，她非常开心。而小星也很想要这样一个转笔刀，不过小星一直在吃东西错过了游戏。小星试图抢小月的，小月死活不肯，爸妈也出来制止。小星看从姐姐这里下手是没希望了，于是这个小人精就跑去跟服务员姐姐哭诉，冒充自己是刚刚涂色得到奖品的小月，说自己的转笔刀丢掉了，可不可以再拿一个。服务员姐姐不知是看在她可怜还是看在她之前有得到奖励结果弄丢的份儿上，居然又给了她一个转笔刀。不过无论是看在哪一种份儿上，这个服务员姐姐都是被小星给耍了。这让小月愤愤不平之余，不禁暗自赞叹小星的小脑子挺机灵的，没准哪天被她给卖了都不知道。

想起童年往事，小月悲情的脸上勾勒出一抹浅笑。懂事之前的日子似乎总是过得特别快，哪怕和小星的摩擦吵闹现在回忆起来也都是美美的。可是现在两个人都长大了，长大了有些事情肯定就会变质了，是成熟带来的疤，是现实带来的伤。会不会再过个几十年，到那时候她再回想起现在三个人之间的感情拉扯，会如同现在回忆小时候的事那样也是一笑而过呢？可能性会有多大呢？算了，想不通的事情就不要想了，还是买醉比较实际点。

小月走进一家24小时便利店，走到酒水区打量着，要买什么酒呢？啤酒不容易醉，红酒没有开瓶器，那就伏特加吧……拧开盖子就可以喝了，度数也不低，很适合买醉，就这么定了。付完账小月走出了便利店，她突然发觉，爱情有时候就像家门口的24小时便利店，有时候你不需要走进去，但是你需要它存在。

招了招手，小月拦下了一部的士，沿着演武大桥很快就到了环岛路。夜晚的环岛路是静谧的，跟这个喧哗的圣诞节风格迥异。小月找了一个有沙滩的地方下了车，拎着酒径直走到海边，坐在了沙滩上，听着海。厦门的海和别的地方不同，别处的海都是直接连接着太平洋的，而厦门的海在与太平洋相接的时候有一个台湾岛在中间，于是厦门面对的并非大洋而是一个海峡。浪更平缓，海更幽静。

这片海也是小月爱上阿哲的地方，那时候她刚刚大一，加入了学生会，是一名小干事，阿哲是大自己两届的学长。似乎只要是厦门的任何大学组织集体活动之类的都会想到来环岛路烧烤、骑单车或是摘草莓。小月就是在学生会举办迎新生的烧烤活动上认识了阿哲，拜倒在了他的牛仔裤下。不过很遗憾，阿哲没有拜倒在小月的石榴裙下。所以，郎无情妾有意的生活进行了两年，期间小月各种贴心关怀、嘘寒问暖、刻意勾引、暗送秋波等一系列女生对男生示好的方式无所不用其极，也常常带着自己的妹妹与阿哲吃饭玩乐，只是阿哲一直都以学长与学妹的礼貌方式应对。

两年后，阿哲将要毕业了，小月打算表白，才从阿哲口中得知，原来他喜欢上了自己的妹妹小星。而整整两年，她都不知道阿哲与小星有私下发展的状况。多么讽刺呀，多么值得恼羞成怒的事情啊。

想到这些，小月仰头猛灌了几口酒，没有盐又没有蜜桃多调配的伏特加是干烈的，她全身开始发热起来，似乎觉得海风从寒冷变成了凉快。她难受，她想趁着酒劲打开手机把阿哲大骂一顿，把小星大骂一顿。可是却又不知从何骂起，她也知道自己是没有资格骂他们的，阿哲不爱自己不是阿哲的错，小星不爱阿哲也不是小星的错，阿哲爱小星更不是小星的错，而她也没错，错的是爱情，造化弄人。

一瓶伏特加很快地去了一半，这对小月来说已经算是到量了，头脑昏沉沉的。她突然想找个伴来陪自己喝酒，却发现自己一向独来独往，竟没什么朋友。她翻了翻通讯录居然找不到一个可以这时候拨出去的号码。她最后还是选定了瑶姬。

嘟……嘟……嘟……你好，你拨打的电话正在通话中，请稍后再拨……

瑶姬挂断了自己的电话！虽然现在是圣诞夜，但是也未免太有异性没人性了吧，连个电话都不愿意接。

小月无奈，又仰头灌了一口酒，望着眼前海天相接的景象，一片乌黑，与白天相比，现在的海天相接更为纯正。

小星望了望窗外黑蒙蒙的景象，把台灯关了起来，打开了室内的日光灯，太暗的环境下会产生色差影响作画。小星的画室也是在环岛路，距离厦大的艺术学院比较近，一来幽静，二来方便老师教学。

“咦。是你啊？”一个低沉的嗓音在小星背后响起。

小星回头一看，慌忙起了身，“啊。老师，那么晚你怎么还在啊？”

“呵呵，是啊。圣诞夜到哪里都是成双成对的，吃饭又没位置，就干脆留在画室里打发时间，看到这里的灯还亮着就过来看看。没想到是你，你怎么没出去玩一下呢？”

和小星说话的男人叫戴胜。戴胜是佛法僧目戴胜科戴胜属的一种鸟类，不过此戴胜非彼戴胜。眼前的这个戴胜是一个有着中年男性魅力的成熟男子。修剪过的络腮胡，哩哩啦啦的胡碴可以从中闻到须后水的香味，饱实的喉结，随着说话时一上一下地震动着，眼神严厉却又不失柔情。如果非要说点什么是与戴胜相关的形象估计就是发型了：两侧削得贴近头皮，而中间稍长的部分用发蜡抓得根根分明。

“我啊？我很可怜的。都没人想到我……”小星带着委屈的口气说。她没把戴胜完全当成一个老师对待，在小星的眼中，戴胜的身份先是帅哥，而后才是老师。

“呵呵。不信。”

“哼，不奢望你会相信。那种感觉你懂吗？就像全世界人民都觉得你吃的蛋糕里有草莓，殊不知你也只是吃草莓口味的蛋糕而已。”小星耍着小性子说道。

戴胜把这份可爱看在眼里，却不予以回应。他走到小星的画前，端详了一阵，“你还在拼命地画速写？好像每次来看你都在画速写。

你的水粉练得如何了？听说你要出国，国外比国内更看重色彩的。”

“我是觉得画速写比较解气。”

“解气？我还是头一回听到这样的说法。不过想一想似乎也可以理解，短短几笔勾勒人生百态是吧？”

“老师果然是老师呀。还是你懂我。”小星发现自己的心意有人可以体会不禁犹如找到知己。

“还好吧。听说你要出国了，选好学校了吗？”

“英国皇家美术学院。”小星满怀憧憬地说。

“啊？哈哈哈。”

“你笑什么？”

“没什么，只是如果你要考这个学校的话，你的功夫可要能与我不相上下才有希望的哦。”

“我知道很难考。不过，你有底子，我有天赋。你用手作画，我用心作画。”小星大言不惭地说着，其实她心中对这个学校考上的几率有多大也是担心多过信心。

“你呀，你呀。不过我还是看好你的。”戴胜不当面打击小星的积极性。

“真的？”

“嗯。因为你家够有钱。”

“你很讨厌啊！”小星的情绪一下就从受宠若惊变成了咬牙切齿。

“哈哈哈。我要走了，太晚了。你也走吧。”

“那么早没地方去。除非你陪我去海边散散步。”

“你会没地方去？少来了。”戴胜不信。

“我就说我没地方去了，不可以吗？看你陪不陪了……”

“呵呵，行啊，就散散心好了，不然圣诞节也挺无聊的。”

“好啊，那你等下，我收拾收拾。”

小星和戴胜出了画室。画室暗了之后，整个世界似乎瞬间就陷入黑暗之中。这时候的剧情发展应该是，戴胜在黑暗之中无声地牵起了小星的手，然后小星的世界整个开始撼动。不过，现实和剧情总是有差距的，戴胜双手插在口袋里走在前头，小星锁好了门后便小跑着跟上。

“老师，你住哪里呢？”

“住学校对面珍珠湾那边。”

“哦。怎么不住学校分的宿舍呢？”

“不方便、不自由。成年人都喜欢有自己的独立空间，又不是学生。”

“哦。是和女友同住吧？”小星试探性地问着。

“没呢。”

“哦？这个回答有点隐晦哟。是没同住还是没女友呀？”小星追问着。

戴胜瞥了小星一眼，“女生都这么八卦吗？还好没交女友，不然要被烦死了。”

“哈哈。那你喜欢什么样的女生呢？说来听听看嘛。”

戴胜思索了一阵，竟没有回答。

“怎么？想不出来吗？”

“说不出来，一种感觉吧。”

“现在找对象什么的，最怕说要找有感觉的了。比如说要找好看的或是有钱的或是身材好的都是硬件上的标准，可以推荐可以筛选。一说感觉看似很无谓其实最折腾人。”

“呵呵。你很有感触呀？”

“一般吧。你平时都做些什么呢？”小星怕两个人之间冷场，于是一直切换着话题。

“年轻人做什么，我也做什么啊。我又不是异类。”

“广播里一直在宣传几个月后有五月天的演唱会，我们一起去看吧？”

“呵呵，怎么主动约起我来了？不练画啦？”戴胜对这样一个突如其来的邀约有点愣住了。

“你就说要不要就好了嘛。”

“到时候有空就去吧。没空也没辙。还好几个月呢，现在为时过早。”

“行啊。那我就当你答应了，到时候再给你电话。嘿嘿。”

其实，小星也不知道自己为什么突然就想约戴胜去听演唱会。她甚至根本没有去买演唱会的票，但她就是想约会戴胜，她喜欢他吗？不算吧，就是简单的有好感。但是戴胜是一种让人很想和他呆在一起的人，他不算帅，但是看上去很舒服。小星心中盘算着，哪怕没办法把这个男人钓到手，暧昧一下也是不错的选择。而且还是自己的老师呢，自己还没经历过师生恋，想起琼瑶写的第一本小说《窗外》，没准自己的故事也会特别地唯美。

夜晚环岛路的风，凉得似乎可以吹进人的心里。有的人会觉得舒缓，而有的人却会觉得哀寒。

小月在沙滩上越喝越多，依稀看到有另外一个自己从海滩上慢慢走过来，身边还伴着一个男的。只可惜自己没有这个福气可以和阿哲相知相守，更是无缘亲昵地在沙滩漫步。她祝福他们两个，因为她无幸与阿哲走到这一步，于是她祝福眼前这一对承载着她爱情美梦的情侣。

然而，当这两个人越走越近的时候，小月发现这个女的很像自己，莫非喝多了看到自己的未来，而身边的那个男人就是自己的真命天子？小月定了定神，仔细地观察了一下。这个女子果然是像极了自己。小月恍然，这是小星啊！

小月看到小星，当下第一念头是觉得好巧，圣诞夜两姐妹居然在偌大的环岛路上都可以遇到，果然是双胞胎呀。小月拍了拍裤子上的沙子，准备上前打招呼。但另一个念头瞬间燃烧了起来，都是小星使得自己当时没能跟阿哲交往，若不是她的第三者介入，若不是她的存在……小月火气一下子蹿了上心头，原本的难过加愤怒加委屈瞬间爆发了出来。

小月拎着酒瓶径直走上前去，“圣诞节那么大好的节日，你怎么有空来这里呢？”

小星突然间看到小月的出现，一时间愣住了。她看到小月手中的伏特加，几近见底了。“她莫不会是自己一个人喝了一整瓶的伏特加吧，什么事情让她这样以酒浇愁”，小星心里暗想着。

小月努力在摇摇晃晃之中找到平衡点，斜着头看着小星身边的男子，“他是你今晚的第几摊啊？”

“你说什么啊！”小星见小月在戴胜面前把自己说得很放荡的样子，心中一阵不快。

“我说，他是你脚下的第几条船呀？”

“你喝多了，不要在我面前发神经。”小星语气严肃。

不过小月喝多了，哪里管得了那么多：“我发神经？你才发神经呢！哦，不，你不是发神经，你是发春，是男人你都勾引。干嘛，想证明自己多招人喜欢吗？你难道不知道女人被用多了就不值钱了吗？！”

“你别含血喷人。我对感情光明磊落，你不要以为你故意抹黑我就会有人信你。”小星边说着边用余光扫了一下身边戴胜的表情，自己还想在他面前留下个好印象，这下可全都毁了。她此刻真是恨死了小月。

“我抹黑？你有本事的话，你自己说说你和阿哲的事情啊。我之前都不屑去打听，不屑去问。妹妹抢了姐姐的男友，这种龌龊的事情，我怕说了丢了我们家的脸。大家会觉得你太贱了，连亲姐姐的男人都不放过！”

“你疯了吗？阿哲什么时候是你男友了。”小星不甘示弱地反驳着，“还有请你记住是他喜欢我，他主动追我，我还觉得他不适合呢。现在想来，真应该和他天天一起在你面前秀恩爱，气死你这个恶毒的女人。”

戴胜在一旁听着，似乎听出了事情的来龙去脉。但这毕竟是两姐妹的家事又是感情的事，他实在不便说些什么，还是保持沉默的好。

他有点同情小星，就因为姐姐得不到一个人的爱，而那个人对小星有情，小星就被自己的姐姐骂得狗血淋头的。

“我恶毒？你才恶毒吧。你没跟阿哲在一起，不是你放过他，而是他的命好，他有上天怜爱才不至于陷入你这种狐狸精的陷阱里。你看看你身边这个，落入你陷阱里的人。”说到这儿，小月走到戴胜面前，拍了拍戴胜的肩膀，“你是新宠吧，你命不好，准备被玩弄吧。祝你早日脱离苦海！”

“你别碰他。”小星拦在小月面前，“你喝多了，喝疯了。和你说不清楚。”

“你懂什么！我这叫酒后吐真言！”

小星拉着戴胜的手臂，“我们走吧。”

戴胜一脸困惑：“就这样走？”

“是非之地，不宜久留。”小星转身拉着戴胜走了。

小月还在沙滩上站立摇摆着，拿起酒瓶把最后的一点酒一饮而尽，把酒瓶丢向海面，朝着小星的背影大喊：“滚吧你。我诅咒你这辈子嫁不出去，嫁出去了也生不出孩子。”

小星一听到“孩子”这两个字，心中的怒火再也压抑不住了。她闪电般地回身，一个箭步冲到了小月面前，起手，“啪”的甩了小月一个巴掌。“够了没有！我们是姐妹，有这样说自己家人的吗？！”

小月被这一巴掌打得有点清醒过来。她盯着小星没有说话，只是恶狠狠地盯着。她没有还手，只是用手捂着自己被打的半边脸。小星和她对视了几秒钟，一个扭头转身回到戴胜的身边，拉起戴胜就走。

戴胜被刚刚的一幕惊到了，他随小星离开的时候仍时不时回头看看依旧伫立在原地的小月。

小月在沙滩上摇摇晃晃地走了几步，扑通一下，无力地坐在沙滩上，她蜷起双腿，把头埋了进去，失声地大哭起来。

“我们要不要回去看看？”戴胜问身边的小星。

“不要管她，她死了都不想管。”

戴胜怔了一下，被小星话里的无情给慑住了。他现在心里开始同情小月了。一个弱女子为情所困喝多了，深夜独自在无人的海边痛哭，千万别做出什么傻事来才好啊。戴胜想回去看看小月是否安好，但碍于小星在身边，心中为这个初次见面的女子浮出了一丝怜惜。

小月在沙滩上哭着哭着，慢慢地哭得没有眼泪了。她重重地深呼吸了一下，努力让自己站了起来。她的头好痛，眼前的景物一分神就出现了叠影，她心中清楚地知道自己是喝多了。她需要冷静一下，不过在这里吹风怕会头痛，所以她打算回家。

小月颠簸地走到了路边，这时候的环岛路要拦一部出租车的确很困难。她站着站着实在晕得不行就干脆坐在了路边。偶尔的车辆过往，都是私家车，没有的士的影子。突然她看到一个蓝白色漆面的车从自己面前开过。

的士！小月连忙站了起来，朝着已经从身边错过的的士大喊着：“司机！司机！”

很遗憾，的士并没有停下来，一溜烟的功夫就在小月的视野里消失了。

小月遗憾地准备继续坐在路边等车的时候，一辆私家车在她面前停下了。

“小姐，去哪里？”

小月看了一眼，是黑车。厦门晚上有很多这样的私家车出来拉客赚钱，大多数都是从岛内到岛外或是在一些比较偏僻没什么的士的地方，价格一般都要比的士贵一些。“不去哪里。”小月不想搭理这个黑车司机。

“算你便宜一点。这里的士很难等的。”

小月被说得有点心动，因为天色已晚了，的士的确很难等，如果要等到下一部车真是要靠运气了。“去莲花，走吗？”

“行！”

小月上了车，头一下便倒在了座位靠枕上。

“哇。美女你喝很多啊，酒气那么重。”

小月闭着眼睛，没有吭声。

“你喝了什么酒呀？”

“伏特加。”小月仍旧闭着眼睛。

“你酒量好吗？喝了多少？”司机见小月是美女，总想多聊几句。

“一瓶。”

“哇！女生有这个酒量很厉害啊！”

小月不作声，她此时头越来越晕了，感觉伏特加的后劲开始起来了。

“你是自己喝吗，还是跟朋友？”

“自己。”

“自己？女生自己买醉？肯定是因为感情问题。”

“不可以吗？”小月听到“感情”两个字不免厌烦起来。

“可以啊，当然可以。只是很意外。怎么美女也会有感情问题。”

“哼。”小月虽然心里不快，但是女生听到这样的吹捧总是不免得意一下。

“你心情不好的话可以找我。我就特别会安慰女孩子。”

小月继续闭着眼睛，没有理睬，心里暗想，你是谁啊，你想安慰我就让你安慰吗？

“你不信吗？你不信的话，我们可以试试。”司机边说边把手放在了小月的大腿上。

“你干什么！”小月发现自己的腿被摸了，立马觉醒。

“别激动。你心情不好，我看着心疼，想让你舒服舒服。”司机一脸坏笑地说着。

“你不要乱来！”

“乱来？没有啊。你情我愿的怎么算乱来呢。”司机已经把车停在无人的路边，拉起了手刹。

“你怎么停下来了。这里是哪里？”小月第一次遇到这样的状况，心中大慌。

“没有停下来啊。还在开呢，你喝多了。还是继续闭着眼睛休息吧。我会让你很舒服的。”司机说话之际，已经从驾驶座把身体挪了过来，一手摸着小月的腿，一手把小月按在座位上。

“你起来！非礼啊！”小月惊恐地大喊。

“别怕啊，美女。过一会儿你就会爽的。”司机麻利地脱掉自己的上衣，将手伸进了小月的衣服里。

“放手！贱人！不要！滚开！”小月虽然喝多了，但仍努力地抵抗着。

“喝醉还那么有力气。真刺激。”司机不管小月的叫喊，双手依旧在小月的衣服下游走着。

小月挥动着双手摸到司机赤裸的上身，黏黏的汗水渗在皮肤上，就觉得一阵恶心。小月仰起手，看到自己刚修剪过的指甲，她用手将司机从自己身上推开，推不动便用自己尖锐的指甲在司机的胸前疯狂地抓划，无数道指甲印，深深浅浅的，抓得司机痛得侧过了身。

“你这个贱人。”司机低头看到了自己胸前的伤痕，不甘心地继续朝小月扑过来。

小月使尽了全身力气推开司机后，头晕得更厉害了。一阵恶心，小月胃里翻滚着，“呕……”小月大吐了起来，直接吐在了司机的身上。

司机傻了眼，整个车厢瞬间都弥漫着小月呕吐物的酸嗖气味。

“贱人，要吐给我出去吐。”司机将车门打开，把小月推下了车，“我把裤子脱了再下来跟你算账。”

小月下了车之后，就飞快地穿过马路，朝车流逆向方向狂奔。她不敢回头看，她怕回头看浪费了自己往前奔跑的时间，她拼了命地跑。跑了一小段之后，她实在跑不动了，扑倒在路边的草坪上。

她回头，没有人追上来。好险，真是好险。自己躲过了一个大劫，躲过了一场强奸。

强奸？小月在脑海中不断重复这两个字，这两个看似离得很远却刚刚就险些发生在自己身上的两个字。她吓得后背发凉，越想越是后怕。

她不敢再出去拦车了，怕再遇到什么招架不住的事情。可是，这时候，要找谁来求助呢……

小月彻底崩溃了，她想求助却找不到人，不敢让家人知道，父母是不能打电话了。阿哲离开，小星闹翻，人生还剩下谁呢？还有谁是会在乎自己的呢……托比……小月痴痴地吐出了这个名字。似乎只有托比可以依靠。

她恍恍惚惚之中拿出了手机，按下了托比的电话……

第五章
我们都是蝗虫，吃到完就飞走

关于都市男女情感面的变化程度，一直都是遗憾大过记恨。坚持相信，任何事物都如《重庆森林》里所说是有一个保质期的。爱情如此，人亦然。所以才会有了背叛，才会有了分手，才会有了悔不当初，也才会有了相见恨早或恨晚。那些看似美好而终的爱情并不是没有保质期，只是他们爱情的保质期长于生命的保质期，他们的幸福在于他们的幸运。我们常常会钟情一个人，但是不知怎么突然就没了感觉，自己都觉得自己狼心狗肺，更不用说对方的感受了。可是又能如何呢？感觉如果说要走，又有谁能说不呢？于是在爱情中，感情变化的速度我们都但愿其蚕食，却无奈于鲸吞。但是无论蚕食或鲸吞，其共性就是蝗虫，吃到完就飞走了。

托比搂着小月，小月无声，仿佛搂着一个沉默的宇宙。小月蜷在托比怀里，托比厚实，好像一个半岛依偎着大陆。小月不知道此刻叫托比来是不是刚离狼口又入虎穴，这个男人本不应该再出现在自己的世界里，但是不知为什么此时心里最想依靠的人却是他。他是一棵罂粟吧，不过她情愿，因为这棵罂粟是唯一一个会关心她、会为她付出的男人。前提是托比“不忙”——一个无奈带点可笑的前提。

“你要不要……”

“不要和我说话，”小月打断他，“再让我静一会儿……”

托比沉默了，把小月搂得更紧了些。

这……算是爱吗？小月在心里问着这个自己都觉得很幼稚的问题。

深夜时和傍晚时的环岛路相差甚大，黄昏时的夕阳美景、金海波涛、情侣漫步，在夜半时却是死寂得可怕，有一种荒凉的窒息感，即使在夏天也有一种幽幽的凉意透入骨中。听着海声，此起彼伏。海若哭泣是否真会有声，当真有声是否便是此音？只不过天若有情天亦老，那海呢，海是否也会有老去终结的一天？小月的头发被风吹散，根根细发直指海面。

“你知道为什么我的头发是被吹向海面而不是被吹往陆地吗？”小月淡淡地问。

“啊？”托比一时间没听清楚。

“你看我的头发，为什么它是往前飘而不是往后飞呢？”小月重复了一遍，边用手捋了捋发丝。

“这……”托比不知道小月怎么会突然问起这个，满腹疑虑，“因为风往前吹，所以头发往前？”

“是的，那你知道为什么风会往前吹吗？”

“啊？”托比又是一愣，“你没事吧，你要是难过就哭，不要憋着，对身体不好啊。”托比有点开始猜不透小月了。

“我没事。”小月摇摇头，顺势把头从托比的怀里移到了肩膀，好让头发更好地飘起来。“我告诉你好吗，因为晚上的风都是由陆地吹向海面的，而为什么晚上的风都是从陆地吹向海面呢？”

“为什么呢？”

“这是因为海陆热力性质差异。这样说吧，我问你呀，你说一块石头跟一杯水，哪个升温快呢？”

“应该是石头吧。”托比忐忑地回答。

“是的。那如果两个都是 100 ℃时，哪个降温快呢？”

“应该也是石头吧？”

“托比小同学，你生活常识很丰富哟。”

“我本来智商就很高好不好，”托比看到小月心情似乎有所好转，宽心了不少。

“石头就像大陆，杯水就像大海。白天就是加热，晚上就是散热。白天，在太阳照射下，陆地升温快，气温高了，空气膨胀上升，近地面气压就降低了。所以在近地面，海洋的气压比陆地气压要来得高，风就从海面吹向了陆地。而我们一直说海风海风的，就是因为风是从海洋吹向陆地形成的风，所以我们称其为‘海风’。”

“哦。然后晚上的时候没太阳了，两个都是散热，温度高的就是海洋了，所以风就从陆地吹向海洋了，所以你的头发就是往海的方向吹了是吧？”

“这是其中一个原因。”

“那还有另外一个原因是？”托比不解。

“还有一个原因是陆地已经不要我了，大海要我过去陪他，所以风把我吹向海。我现在要去海里了，再见。”说着小月坐立了起来，预示要起身的样子。

托比一把按住小月，“疯了吗？！要白痴啊？！”

“小演一下罢了。”小月鼻音略重，眼眶湿润，“我是真心想死啊，不过我不能死，因为我不能比我的真爱早死。”

“小月……”托比心疼眼前这个女子，却又不知从何安慰，也不知自己有没有安慰的资格和立场。

“大家都说女人似水，男人如土，真是没错。不仅体现在一方温柔一方刚毅，还体现在女人如水对感情升温慢退温也慢，男人呢，却跟陆地一样，在感情里升温快降温也快。所以主动的往往都是男人，可爱到最后痴痴不走的却是女人。”

“小月……”托比许多话咽在喉咙，却说不出口。

“托比……”小月应着，“请你不要用这种台湾偶像剧里男主角叫女主角的口气叫我好吗，我被叫得头疼。”

“你……”托比真是拿眼前这个女子没有办法，“你从一种情绪切换到另一种情绪的速度也太快了点吧。”

“这样不好吗？”小月微笑地看着托比，只是这微笑是真笑吗？无从得知。

“有没有人跟你说，现在这样的你特别可爱，比起平时的你多一些俏皮。”托比抚着小月的柔发。

“你的意思是，希望我今后再多经历一点今晚的事情吗？”

托比大慌：“怎么可能，当然不是！你知道我不是这个意思！”

“呵呵，我知道。”小月看了看托比，“谢谢你，谢谢你来了。”

“小月……”托比深沉地望着小月。

“能别再这样叫了吗……我开始难受了。”

“你难受了？那要不要我们现在就去医院检查下？”托比检查着小月的手臂，“他……他……弄伤你了吗？”

“我说难受是你叫得我难受，他没弄伤我，至少没比你伤我伤得深。”

“小月……我……”托比欲言又止。

“你能不能多用你、我、他这样的人称代词说话呢，你老叫名字叫得我头疼。”

“好吧，那小月，哦，不，那你能不能听我说句话？”

“你说，我听着。”

“我想你，真的很想你。”

“呵。”小月冷笑了一下。

“你不要这样，我是认真的。我给你讲个故事吧。有个小男孩，家里很穷，穷得母亲都离开了父亲。他跟着母亲长大，而在村里大家都是早早地结婚，他也不例外，只不过娶的人都是媒妁之言完全没有感情。结婚后，他实在不想这样穷下去了。于是他离开了那个村子去了深圳。”

“那个男主角是你吧。”

“嗯。在深圳，一个无学历、无经验、农村出身的人要找工作有多难你是知道的。他只好去做了洗头小弟，很巧合地被一个女人看中，给了他物质上的帮助，渐渐地两个人就达成了某种协议，她给他钱，他给她想要的。他知道这样不好，所以不想拖累在家乡的老婆，于是提出了离婚。可没想到，提出离婚才知道他老婆已经有了身孕。他哪怕能够抛妻却无法弃子……”说到这，托比紧锁眉头，深呼吸了下。

“后来呢……”

“后来，由于那个女人的事业都在深圳，为了避人耳目，他要离开深圳，所以来到厦门。他很喜欢厦门，厦门对于他有一种来了就想在这里老去的魔力。”

“呵呵，人都说因为一个人爱上一座城，而你却是先爱上一座城。”小月自言自语着。

“是啊，来了就不想走了。渐渐地在这个城市里有了自己的生活圈，交了新的朋友，习惯了这个城市的酱油水和沙茶面。”

“你真是……”

“真是厦门的美食地图是吧。哈哈！”托比略显得意。

“是个实打实的吃货。”小月不屑地撇撇嘴。

“后来的后来，这个男人遇到了一个女人。一见钟情，却慌了神。他知道自己没法给这个女人什么，却不愿就这样把这个女人给放走。这算不算一种自私？”

“是无赖。”小月一字一字地咬着。

“好吧，是无赖。不过一生中能有多少次可以在感情里耍无赖呢。定是不能错过的吧。他伪装，伪装成他觉得这个女人会喜欢的类型，他不是不想坦诚，而是没脸坦诚。有些事情怎么坦诚，怎么能够坦诚？”托比越说越激动，“如果坦诚就会失去一切，有多少人不是希望能瞒一秒是一秒，能瞒一辈子就是赚！”

“你倒越说越来理了啊。”

“只不过泡泡总会破的，破了之后两败俱伤，伤了之后才会反省，反省后总会期待有一个机会。”

“机会？你想干嘛？”小月警惕着问着，“我可不会同样的坑摔两次。”

“那如果之前那个坑已经被填了呢？”

“你到底想说什么？”

托比吞吞吐吐地说：“我是想问问你，如果我变了，你愿意跟我重新开始吗？”

“你变了？你能怎么变呢？”

“如果我放弃那个女人给我的物质生活，你会跟我在一起吗？”

“不可能的，你还有老婆和孩子。”

“老婆在我刚来厦门的时候就带着我的孩子改嫁了。说来真是讽刺，我舍不得他们，他们却先要离开我。我现在能做的就是每个月多寄点钱回去，希望他们能够过得好。”

“这样啊……”小月觉得自己似乎之前对托比的误解有点深，毕竟她从未和托比那么交心地聊过天。此时她眼中的托比已经不再像之前那么黑暗了。

“是啊。在你离开我的这段时间，我才发现你的重要超过了我的预期，我常常会看着你的电话很久，然后拨出却立马按掉。今天我手机里出现你的来电显示，你都不知道我有多惊喜！真的！你懂吗？”托比紧紧地握住小月的手。

这不就是我对阿哲的状态吗？小月心里泛起一丝忧伤。她怎么会不懂托比，因为她也是这样对待着另外一个人。只是她没想到竟然也有另一个男人这样对待着她。这算不算螳螂捕蝉，黄雀在后呢？她有点感动，却不知这个感动是源于托比还是源于自己的感同身受。

“托比。谢谢你。”小月紧握了一下托比厚实的手。

“那你愿意再给我一次机会吗？”托比追问。

“我要好好考虑一下，需要点时间。看你要不要等了。”

“我等！我当然会等！”托比斩钉截铁。

“呵呵，太晚了，我们回去吧。”小月起身拍了拍身上的沙子，转移了话题。

“回家吗？你真的不用去医院看看吗？”

看着托比一脸的关切，小月摇了摇头，“没事，我自己的事情我清楚。”

“那好吧。”

托比牵着小月拉开了车门……

小星背着画具拉开了房门。“我回来啦！妈妈！我回来了！”小星随手开了客厅的灯，这个时间，按惯例父母早已躺在卧室的床上看电视了。

“回来了啊，每次都那么晚。给你姐打个电话，她还没回来。”

爸爸的声音从卧室里传出来。

“哦，知道了。”小星边把画具拖进来边应和着。

“这个星期在学校有没有听老师的话？”妈妈问道。

“当然听话了，你女儿那么聪明乖巧，哪里有不听话一说呢？”小星的声音清亮，在夜晚听来却反而显得与周围的安静格格不入。

“行了，你什么样我还不知道啊。”妈妈话音刚落，爸爸马上又开口补充道：“马上要考试了，你的雅思也要好好地去读，最好一次性就过，省得日后麻烦。”

“知道了，每次都是同样的话。我要睡了，不和你们说了。”小星语气略显不耐烦。

“给你姐打个电话……”

“知道了！”小星背着画具上了楼。

这个电话小星是不会打的，因为刚刚在海边发生了那样的事情。小月想必还在酒醉状态中，现在还要再打电话过去讨骂吗？她真是不能理解，姐妹两个人怎么会因为一个男人搞成这样。阿哲于己如同鸡肋，食之无味，弃之可惜。弃之可惜的缘故是有哪个女人不希望自己像个公主一样，找到王子之前，身边总有个骑士相伴。而正是这样一个被自己定位为仅仅是骑士的男人，姐姐却爱到了骨子里。倘若阿哲被姐姐打动，选了姐姐，那估计她们姐妹之间也就不会出现如今的嫌隙了。可是，自己舍得阿哲喜欢上姐姐，想到从此他们两个成双成对，心中似乎又有那么一点点的不舒坦。

小星整理好了画具，随手在 IPAD 上选了一首班得瑞的轻音乐，挑了套可爱的卡通睡衣，绑上发带，拿着浴巾准备洗澡。这时候外头响起了开门的声音，看来是小月回来了。不知道她醉成什么样了，小星担忧着放下浴巾往楼下跑去。

“哟，大小姐。您回来啦。”小星细声细语地唤着，同时帮小月开了灯。一副古代丫环的做派，只为了缓和两姐妹之间刚刚发生的不快，毕竟是自己先动了手，于情于理都错在自己。

灯一亮，小星才发现眼前站着的并非小月一个人，还有一个男人，一个衣着品位还不错的帅哥！小星心中不禁一惊。哇塞，这货真不赖，真是没想到姐姐还有这样的朋友，一直窝着藏着，自己都不认识。

小星立即开口：“大小姐，这位是……”

“他是我的一个朋友。”小月连正眼都没看小星一下。

“哦。你好，我是托比。你是？”

“哦，我是二小姐。”小星笑答。

“哦。”托比也笑了一下，这样的自我介绍还真是少见，“常听你姐姐提起你呢。”

“是吗？那姐姐你怎么从没在我面前提起过托比呢？”小星挽着小月的手臂，带着娇嗔埋怨道。

小月瞥了小星一眼，抽回了手。“和你很熟吗？”冷冷的口气，瞬间空气都被凝结了的感觉。小月本想再补几句嘲讽的话，但碍于托比在旁边，便咽了下去，“这是我妹妹，就是莫莫的朋友。”

“莫莫？”小星提高了分贝，“你们也认识莫莫呀？！真是的，那个死女人怎么都没跟我说呢，看来我在北京进修几个月，厦门发生了很多事情。看来我在无形之中被排挤了呀。这种感觉好糟，你懂吗？就好像爱丽丝变小了之后，世界还是那个世界，却对她而言已经陌生了。”

小月不想接话，搞得小星的话落了地却没人理会，三个人显得有些尴尬。

托比开口了：“那我就先走了。小月，你赶紧洗洗睡吧，我到家了跟你说。”

“好的，开车小心点。”

“小心点哦，下次有空一起出来玩啊，叫上莫莫。我也好久没见她了。”小星殷勤地挥着手告别。

“呵呵。好的，拜拜。”

“拜拜……”小月小星异口同声。话音未落，小月就斜瞪了小星一眼。

关了门，小月丢了一句“恶心”就转身上楼了，小星跟在后头，自己嘀咕着，“真正委屈的人是我好不好，阿哲的事情我也千百万个不愿意啊。你要怪也应该怪他，怎么怪到我头上了。我好歹也是你妹妹吧……”

小月听到这话心里暗自嘲笑着，你也知道你是我妹妹啊，那在托比面前大献殷勤个什么劲，那可是你姐姐的男人。好在托比对小星毫无兴趣，一心只在自己身上，想到，在小星面前也威风了一把，小月的心情不免有了一丝得意。

小月开口道：“知道了，少说几句不会死吧，早点回房间去睡吧。”

“嗯。好的，那你先去洗澡吧……”小星说。

“不用了，看你发带都扎好了，还是你先去吧。快点就是了。”

“好的，好的。”小星蹦蹦颠颠地跑回了房间。

小月关了房门。一切就这样结束了，还是这只是一个开始呢？耳边流过若有似无的班得瑞的《变幻之风》，想来定是从小星那里传来的，这样的时候听到这样的曲子，难免会有一丝丝的哀愁。小月望向窗外黑森森的楼房，万家灯火都已经熄灭了，这样深的夜，这样寂静的楼，藏了多少个秘密，十个、百个还是一千个？估计是数也数不清的。孤单的路灯，照不透这片夜的深沉，明天一切都会好起来吗？可是什么才算是好起来呢？小月陷入了沉思……

一转眼就快到了夏天，三四月的厦门，没有春天的气息，直接迈入了夏季。不过由于梅雨季的缘故，时不时地一场大暴雨又将温度降下来不少。所以这个时候的厦门，穿短袖的和穿羽绒服的擦肩而过并不稀奇。这个季节是木棉花开得正旺的时节，特别是雨后的校园路上，有的木棉花被雨水打落，而有的尚在枝头，橙红的枝头与橙红的道路交相辉映，令人流连。

“集大这么美呀！我们把车停在这儿，下去走走吧？”托比转头问小月。

“好吧。你来来回回接了我那么多次，都还没好好带你逛逛集大。”

“那这次就把之前的都补回来，我们一下把集大给逛完吧。”托比兴致勃勃地说。

“不要，那会累死人的。集大与厦大不同，各个学院分散得很开，遍布整个集美学村，就像牛津一样，城在校中，校在城中。”小月看托比听得仔细，便继续说道，“每个学院各有其景，也各不逊色。你是想去哪个学院看看呢？”

“就在你的学院里走走吧。就怕如果被哪个追你的男生看到了，你不介意吧？”

“我介意。”

“啊？！”托比一愣。

“开个玩笑也不行啊。”

“那得罚你。”托比把小月的手往自己的手臂上一绕，“那就罚你挽着我逛学院。嘿嘿。”

“你当是皇上逛御花园呀，还要嫔妃挽着。真是的……”小月白了托比一眼，却也没把手挣脱开。

“你们这个诚毅学院还挺新的呀。”托比环顾着四周。

“是啊，诚毅学院是几年前刚成立的，‘诚毅’二字取自诚以待人、毅以处事。也是我们集大的校训。”

“这样哦，新建的学院，难怪那么美。”托比感慨着，“所有新的东西都是美好的。”

“是啊，就怕日久之后腻了倦了也就觉得不美好了。就像感情。”小月面对此刻的幸福，却不知为何浮起一丝忧伤，淡淡地，却挥之不去。

两个人走在孙厝的桥下。孙厝的桥下像个小山洞，壁上全是学生的涂鸦创作，有的张狂，有的内敛，有的是意象派，有的为写实派。像一个个不同的青春，用涂鸦表达自己的绽放。

“对了，还从没问过你之前的感情呢，我已经对你全盘托出了，而你对我还是一个谜。”

“你想问什么呢？”小月微笑着问。

“你之前交往过几个男朋友啊？”托比问得很直接。

“两个。”

“哦？那都是为什么而分手呢？”托比追问。

“一个我爱他，他不爱我。而另一个是他爱我，我不爱他。经历过这两个人之后我学会了什么是爱情，于是我的第三段感情必然要成为我的最后一段感情。”

托比听得目瞪口呆：“你好哲学。”

“很深刻是吧，那就对了。这是书上写的，我背下来罢了。”

“啊？那不是真的？！”托比不知道小月哪句是真哪句是假了。

“当然……不是了。”小月苦笑了下，“我倒是想变得那么成熟，两个人就让我领悟透彻。只可惜真实生活里要参悟这些，需要的远远不只两个人。”

“那你岂不是骗我……”托比发现自己被糊弄了，略带不快。

“可是我从没想过要瞒你什么呀。”小月巧妙地回应着。

“那你说了半天还不是没正面回答我的问题。”

“你不觉得问这种问题很蠢吗？”小月看了看，见托比不愿接话，便继续说：“在一起的两个人，好好地用心在一起便是了，为什么总是想要知道对方之前感情的事情？如果之前的事情是美好的，那又怎么会分手呢？既然是分手了，总是会有这样那样的不合。而在一段新的感情开始的时候，回忆起这样的不合也就只是徒增烦恼罢了。”

“我不这样认为。”托比反驳着，“就是因为上段感情你跟别人分手了，如果知道分手的原因，我就会尽量不让我们的感情再次由于同样的原因而终止。打个比方，如果之前是因为异地而分手，我们就不要异地生活。如果之前是因为性格不合而分手，那我们就多学着彼此迁就。爱情就是这样把人的棱角给磨平，从而让两个人能够更好地在一起。”

“爱情就是这样把人的棱角给磨平……”小月重复着托比的话，自己琢磨着。

诚毅学院的小路上来来往往的男男女女，一对一对的，换了几轮，像排列组合，重组早已是司空见惯的。在感情中的人，自己的棱角真的会被磨平了吗？那如果谈很多次恋爱的人，是不是就是基本无棱角的人？如此一来，这样的人会不会很有优势，因为和这样的人恋爱会减少很多棱角摩擦。

“怎么样，是不是觉得我很在理？”托比说。

小月笑了笑，没有回话。她不想反驳，也不想肯定。因为感情这个东西，总是横看成岭侧成峰，说不清楚。

“既然你默认了，就跟我说说你之前的感情吧，我很好奇。”托比依旧对这个问题紧追不舍。

“我谈过一个没意义的初恋，之后就喜欢阿哲，一直喜欢到现在，只可惜从没有开始，更谈不上结束了。再之后你就出现了，后来的事情你就都知道了。”

“这样呀……”托比的口气，听得出有一股不知从何而来的欢喜。

而这股欢喜，似乎是男人的通病吧，总是希望自己是女友的第一个男人，无论从身体还是心理。这种处女情结之类的东西，不仅仅存在于生理还存在于心理上。小月想到这里就觉得有些无奈。总说女人贪婪，幻想男人十全十美。而男人又何尝不贪婪呢？而且贪婪得比女人更直接、更赤裸裸。

“那……什么叫没意义的初恋呢？”托比虽然欢喜却没有影响到他刨根问底的好奇心。

小月皱了皱眉头：“你还真是查户口呀。”

“你就说说嘛，我好想知道。”托比讨好着。

小月手往前一指，一座玻璃门面的房子：“那你先去玻璃房里帮我买个可爱多，我再告诉你。”

“好啊好啊，那回来你一定要说啊。”托比立马跑了过去。

男人不是不好使唤，只是要在他还没得到他想要的之前使唤他，那他做什么都会拼劲全力的。若是得到了之后，这样的拼劲全力就烟消云散了，如庄生梦蝶，只能回忆了。女人的神秘感之所以吸引男人，就是因为让男人觉得像在寻宝，总是会有不断的惊喜。正是这样的探索过程让男人欲罢不能。

“你看看……”托比把可爱多呈在小月面前。

“那么多？！我不是只说了一个吗？”

“你是说一个，可是你又没说你要什么口味。我就巧克力、草莓、香草每个口味都拿了一个。”托比乐呵呵地说着，仿佛自己做了个件很英明的事情。

“你呀……”小月温柔地看着托比。眼前的这个男人，虽然有着“前科”，不过他的体贴却总是恰到好处地打动自己。是不是不应该那么计较苛刻，谁没有过去，过去之所以叫过去就是因为已经不是现在了，既然不是现在了，又有什么不能释怀的呢……

“嘿嘿。你慢慢吃吧。”托比哄着小月。

“看在你买了可爱多的份儿上，我就跟你说那个无意义的初恋吧。”

“哼，你当然要说了，我都买了可爱多了。”托比耍着小男孩的娇嗔。

“那个初恋呢，是在高中，有个男生追我，是班级里挺受欢迎的男生，打篮球的时候很多女生在下面为他尖叫的那种……”

“我打篮球也有很多女人在下面为我尖叫。”托比不甘示弱地插嘴。

小月斜了托比一眼，“你那么爱说话，干脆让你来说，怎么样？”

“没没没，我不说了，你继续。”托比憨憨地笑着。

“他有很多女生追，并且读书也很好，还是班里的副班长。哦，对了，班里的班长是我。”小月略显自豪地说。

这回轮到托比小不屑地给了个眼色，本想开口说几句，但怕小月不继续说了，于是又闭上了嘴。

“他很喜欢我，而我却对他没什么感觉。有一年寒假，春节比较早，自然假期结束得也早，2 月初就开学了，没过几天便是 2 月 14 日情人节了。读书的时候，大家都很忙很累，难得有个节日自然不会放过。就在那天早上，我到班上的时候，看到黑板上大大地写着‘小月，我喜欢你’。高中谈恋爱是很严重的事情，除了会被老师找去谈话，还要被叫家长之类的，所以看到黑板上写着这样的东西，我真是吓坏了。”

“那然后呢？快说呀。”托比迫切地想知道后面的事情。

“后来，我那个初恋小男友，帮我把黑板给擦了，并且在班上嘱咐，这件事情大家都当没看到，谁都不许跟老师说。还说我们现在以读书为重，这样的事情希望下次不要再发生了。他的人缘很好，又是副班长，大家都很给他面子，这事就这样被他压了过去。我当时很感激他。那天放学，他约我一起回家。在回家的路上，他给我一大盒巧克力，并向我表白了。”

“啊？！”托比惊讶，“这算什么跟什么啊，这不就是只许州官放火不许百姓点灯吗？”

“那时候我没想那么多。就是觉得他对我好，而且自己又有点小虚荣，觉得跟一个班草交往很有面子，于是两个人就在一起了。”

“那后来为什么又分了呢？”托比追问。

“第一个原因是我后来知道，原来情人节那天在黑板上写‘小月，我喜欢你’这六个字的人居然是他自己！”

“什么？！这么龌龊！”托比愤愤斥责，“这男人也太有心计了吧！”

“呵呵，不过这不是重点，重点是因为我对他没有爱情。女人嘛，总是会因为一个人对自己的好而容易感动，而感动只是爱情的必要不充分条件罢了，时间久了发现只有感动是支撑不起爱情的。而我很清楚，我要的是爱情，就自然而然地散了。”

“那真正动情的就是之后的阿哲了？”托比试探着。

“嗯。”小月点点头。

“哦……”托比若有所思，“那我呢？我也是你为之动情的吗？”

“不知道。”

“不知道？！”托比没想到竟然会是这样的一个答案。

“是啊。不知道。”小月看着托比，“我没必要骗你说我很爱你，你给我的感觉大于感动，却跟爱情隐约不同。说不上来是什么。所以我只能告诉你，我不知道。”

“嗯。好的。”托比稍微用力握紧了小月的手，“只要你给我时间，我会让你知道爱情不是只有一种，你对阿哲的是爱情，我和你的也是爱情。”

小月笑而不语。真的吗？爱情真的不只一种吗，如果真的不只一种，那为什么不给爱情定义为爱情一、爱情二、爱情三呢？或是用别的词语定义？还是爱情就如同人一样，是一个泛指概念。人又包括了男人、女人、老人、小孩等等的子概念。而爱情也如此？小月猜不透。猜不透的就不要猜了吧。人活着的目的是快乐，而不是去猜透什么。当下的快乐就足够了。小月笑得更深沉了。

叮叮叮……

小月的电话响起。拿出来一看：“莫莫？”

“莫莫？她找你做什么？”托比好奇地问。

小月表示不解地耸耸肩，接起了电话：“嗨。”

“嗨，亲爱的，有没有想我呀？”莫莫撒娇着说。

“呵呵，有啊。你怎么会突然想到给我打电话呢。”

“因为我们很久没见了嘛。我打电话来跟你这大美女联络联络感情呀。”

“呵呵。你的嘴真是越来越甜了。”

“你周末有空吗？陪我出来逛街吧。好不好？我们也好久没见了。你看夏天到了，我的衣服都过季了，今年的款式一件都还没买呢。你买了吗？”

“我也还没买。”小月发现自己居然已经快一个月没买过衣服了，是该买点衣服了，“那周末就一起咯。”

“好呀好呀，那周六下午吧。就这样说定了哟。亲……”莫莫满心欢喜地挂了电话。

“周六要跟莫莫去逛街？要不要我送你们？”托比开口道。

“是呀。好久没买衣服了。”小月思索了一下，“你就不用送我了，这是女生的时刻，你一个男的不方便和我们在一起。”

“哦。好吧，一下子就要抛弃我了……”托比装得可怜。

“呵呵，你要这样想呀，我买了新衣服，穿得好看也是你的福利呀，不是吗？难道你不想看到我漂漂亮亮的吗？”

“也是。嘿嘿，那周六就不打扰你们了。”托比被哄得很开心，笑得像个孩子，牙齿雪白雪白的，很有一种夏天正午海边日光的感觉。

正午的日光是灿烂的，但有时总会照得人睁不开眼睛。而下午三、四点的阳光便显得明媚，亮又不失柔情。这样暖色调的阳光照在禾祥西路两旁茂密的羊蹄甲上，又是一种别样的亲昵，仿佛阳光轻柔地贴在了树叶上。

春夏之际也是羊蹄甲盛开之时，总会让人想起黑泽明电影里樱花的画面。不过樱花娇媚而羊蹄甲英气，羊蹄甲的花不仅美丽，连掉落时也分外豪爽，不褪色，不萎靡，很英气地告别枝头，像极了一些人在爱情里的态度，宁可带着尊严离开，也不在爱里委曲求全。

“不行不行，你快脱了。绿色太不配你的肤色了。”莫莫朝着刚迈出更衣室的小月叫着。

“不会呀。挺好看的，款式是这季新到的。你要不要换别的码看看？”导购小姐在一旁努力游说。

“什么好看啊，原本以为是你们采购眼光不行，没想到导购也一样档次。”莫莫在一旁若有似无地拨弄着指甲悠悠地说着。

小月略带尴尬，“我再考虑吧。”转身进了更衣室。

换完衣服出来，莫莫拉着小月就往门外走，边走还边念叨：“快换下一家店，本来时间就不多，不要在这种没有价值的店上浪费时间。”

“你这样会不会让他们太尴尬啊。”

“尴尬？他们要是知道尴尬的话，就不会那么昧着良心推荐了。你看看她刚才要你去试的那几件衣服，啧啧啧……该尴尬的人是我们才对。”

“我是尴尬啊……”小月本想告诫莫莫说话不要太冲，不过想想自己跟莫莫还没到说这种话的份儿上，便把话咽了回去。

“挑衣服要像挑男人一样，清楚知道自己要什么，然后再下手。”莫莫拉着小月又进了另一家店。

“你最近过得怎么样？”小月拨弄着衣服架子，以一秒两件的速度浏览着。

“还不就那样，一个人无拘无束、自由自在。”莫莫在小月的另一侧以同样的速度翻拨着衣架。

“一个人？那阿哲呢？”

“阿哲？我怎么会知道。”

“你们不是在交往吗？”

“啊！”莫莫猛然想起，几个月前自己伪装阿哲的女友在小月面前演了一出恩爱戏。毫不知情的小月现在还以为他们在交往，“是啊，不过交往还不都那样嘛，你知道的。”莫莫打着马虎眼。

“哦，也是。”

“那你呢？你还单身吗？”

“不算是吧。”

“啊？！小月……”莫莫从小月的对面直接闪到了她旁边，“什么时候的事情？和谁啊，我认识不认识啊？”

好像女人八卦的天性从来都是司马昭之心，而女人也从不掩饰自己八卦的天性。但凡知道身边的朋友出了新的状况立马便要一探究竟，倘若问不出个所以然来，便要用友情作为要挟，要一些例如“你不和我说的话，我就不和你好了”之类的把戏。又或者实行等价交换，你告诉我一个，我也告诉你一个，也算是一种礼尚往来。

“快说呀，我的好妹妹。”莫莫一把挽住小月的手臂，“什么时候开始的呀？”

小月笑着抿着嘴不肯说，继续漫不经心地挑着衣服，时不时抽出一件，审视一下。

“这件不行，这个颜色超级难搭。”莫莫打断小月任何一个可能转移注意力的念头，“什么叫做‘不算是吧’？那个‘是吧’是个什么概念？是就是，不是就不是咯。你这个‘不算是吧’好像很有内情啊！”

“就是我还没考虑好要不要和他交往。”

"哦，那是谁啊，说出来我帮你参考参考呀。"

"哎哟，受不了你。是托比啦。"

"什么？！"莫莫大惊，声音也高了许多，"小月我可告诉你，做姐妹的有一个很重要的原则就是不能把姐妹之间说的话告诉给男人知道的。"

"怎么了？"小月不明白为什么莫莫突然要说这个。

"之前，我帮你调查托比的事情。你们现在复合了，你可不许把我给供出来，不能有异性没人性的哦！"

"哈哈，好啦，知道啦，我还以为是什么大事呢。"

"知道就好，男人是一时的，姐妹才是一辈子的。"莫莫信誓旦旦地说。

"那这样说来，阿哲对你也只是一时的咯？"小月坏笑着反问。

"这……"莫莫晃着脑袋，"说不过你，我去试衣服了。你选好了吗？一起去试吧。"

"嗯。"

试衣间里，莫莫和小月虽然隔着一堵墙依旧继续聊着天。

"小月，既然你现在已经心有所属了，那我就跟你坦白个事情吧，但你要先发誓不生我的气。"

"好啦。我发誓。"小月边脱着衣服边应和着。莫莫还有什么事情瞒着我？难道还有一大堆托比的流言蜚语吗？这个托比到底还有多少秘密？

"那个……其实……我和阿哲只是朋友而已。之前说是他女友，只是为了配合他演一出让你死心的戏……"

话未落，小月便已愣住了，心顿时空白了一下，全身皮肤似乎都在发麻，有一种莫名的酸楚从脚踝到腿接着渐渐蔓延到了背紧接着到肩膀。她张了张口，却没说出任何话，只是留下了一声无言的叹息。她抿了抿嘴，叹息之后，心中的空白随即被千万种情绪侵袭了过去。

那我岂不是还有继续努力的机会，阿哲还是单身，他总会有寂寞孤独的时候，我便可以趁虚而入。转念一想，阿哲到底有多不喜欢我，竟然做出假装与莫莫交往的事情来敷衍自己，真痛心。但是再转念一想，这是否恰好说明阿哲不忍心自己为他苦苦痴情，从而想出的无奈之举，看来阿哲还是心疼我的。然而再转念一想……

阿哲凝视了电话许久，终于决定拨这个号码。

嘟……嘟……嘟……

“喂……”

“嗨，我是阿哲。”

“我知道你是阿哲。找我有事吗？”小星懒洋洋的口气。

“没什么。就是想说，你周末应该回家了，想问问你要不要一起喝个下午茶呢？”

“我还在床上呢……现在几点？”

“四点多。正好是下午茶时间。”阿哲说话的声音总是那么轻轻柔柔的，像溪水，慢慢流淌出来。谁的生命里都会有一两个这样的男生。简单干净的打扮，不愠不火的谈吐，开心起来也只是笑着。这样的人好像和疯狂、发飙之类的词毫无瓜葛似的，阿哲就是这样的一类人。

“我还在床上啊，等我起来整理下，弄一弄出门估计都要五点多了。还喝什么下午茶啊。”小星在被子里又蜷了起来，把脸在被子上蹭呀蹭的，一点起来的意思都没有。

“那就一起吃晚饭吧？你有时间吗？”

“我想想看啊……”小星在被窝里翻来覆去的，她其实所谓的想想看，并不是在想想看有没有安排，而是在想想看有没有必要在被窝和阿哲之间选择阿哲。

“嗯……那就一起吃晚饭吧。”小星决定放弃被窝出门走走，原因是她怕她再睡下去，晚上就睡不着了。

“好啊，那你想吃什么？”

“随便，看你咯。”

“我不知道啊……”

“不知道？！不知道你还约我吃饭啊？！哼，不吃了！”小星带着起床气，不耐烦的耍着小性子。

“猪肚鸡！就猪肚鸡吧！怎么样？”阿哲刚才的确不知道要吃些什么，不过一听到小星说不出来了，就立马想了个地儿抛出来。

“好吧……就吃那个吧。我整理好了准备出门再给你电话。”

“好的。”阿哲挂断了电话。

小星也挂断了电话，之后，依然趴在床上摆弄着手机，打打小游戏，刷刷微博，看了看未读短信，有一条信息还安静的躺在对话框里，没有回复，接收人是托比。

“怎么会没有回呢？”小星翻了个身，看着天花板琢磨着，“男人不都是来者不拒的吗？而且他喜欢小月应该也会喜欢我啊。他看起来就像个风流浪子，不像阿哲那么木讷的呀。该不会莫莫给我号码的时候已经有所疑虑，所以给我一个假的号码吧。但是这可能性基本为零，真是没什么理由了呀。”

小星扑腾扑腾地起了身，踢开被子下了床，“算了！不想了，得不到的就不要了。”随手拿起浴巾进了浴室。

第六章
舍不得爱，舍不得不爱

我们总是会有太多的舍不得，舍不得放弃，舍不得忘记，舍不得离开，舍不得分手，舍不得生气，舍不得欺骗，舍不得吃，舍不得穿。小时候的玩具舍不得丢掉，一些心动的短信舍不得删掉。似乎会舍不得的都是容易失去的，知道将失去了，而回忆要怎么证明？之前的那些历历在目，最后是不是都淡逝得只剩笑笑而已？舍不得，这三个字终究还是从形容词沦为了感叹词。

小星错过的下午茶，小月和莫莫却没有错过。两个清丽的女子坐在公园水岸咖啡的露天凉椅上，一壶橘红色的水果茶在桌上散发着阵阵果香，莺莺红红的茶色仿佛要透过玻璃壶身蔓延开来，壶下的火苗不断舔着壶底，显得娇媚又温柔。水果茶是在厦门很流行的下午茶饮品，两三个人出来聊天配上一壶水果茶，加点松饼和薯条，真是恰到好处。不过水果茶的好与坏在一定程度上影响着下午茶的质量，自然也不失考究。

“这水果茶的甜腻真是过分缠绵了。”莫莫喝了一口，感叹道，“这公园水岸咖啡真是越做越糟糕了。”

“是呀。”小月应和着，“之前刚开业的时候做得还挺用心，现在真是水准降低了不少！”

“对啊。也就只能骗骗那些外地游客了。”

“哈哈。东西是难吃，不过环境倒是没得挑剔的。你要体谅下游客，毕竟这种和公园连接在一起的咖啡馆在厦门也就只有水岸咖啡了。”小月为水岸咖啡说着好话。

“哼。总之依我看，这里的人要么是游客，要么就是32HOW咖啡店没位置才来这里的。来这里的游客不是冲着食物的，而是来装小资拍照的。”

“哈哈！你好偏激呀。”小月边吃着松饼边说。

“你看看，隔壁那桌在看林徽因传呢。”莫莫朝旁边的桌子斜了一眼。

“哦？”小月随着莫莫的眼神方向望去，一个打扮成熟的妙龄少女，浓厚的妆底，依在椅背上翻弄着手中的书，时不时地拿起手机看看。“《你若安好便是晴天》，还记得里头的一句话：邂逅一个人，只需片刻，爱上一个人，往往会是一生。”

“还是我们小月有文化，你看她那打扮，估摸也就 18 岁吧，打扮得像个求包养的二奶。”

小月捂嘴而笑：“你好毒呀。你这是在嫉妒人家的碧玉年华。”

“我才没有呢，你看你也用了碧玉年华，说明你也觉得她就 18 岁左右，你再瞅瞅她那打扮，比我都成熟。真是不懂现在的女孩是怎么个想法，而且还看林徽因，会看林徽因的女生心思都颇深。”

“你真是‘厌屋及乌’呀……”

莫莫连忙说：“我可是对人不对事。你想啊，林徽因的心机多深。大家说她是才女，才女的头脑可不是一般人能比得了的。”

“哦？怎么说？”小月饶有兴趣地想听下去。

“书上有说呀，林徽因有次从美国给徐志摩发电报，说自己孤单苦闷。徐志摩第二天一大早就回电报安慰她。结果电报局的员工看了说，先生，今天早晨已经有四位先生给这位女士打了电报。你想啊，一个女人无聊没事，就群发信息给好几个男人说她寂寞，你觉得这个女人的心眼怎么样？发给单身男士也就算了，连已婚的都不放过。无聊就要调戏男人吗？”

“这种女人在现代真是太多了。”小月往两个人的杯子里添了些茶，“读书时候就有很多这样的女孩，巴不得全班男生都喜欢自己，对谁都不会直接拒绝，希望感情里的备胎无数，潜意识里就习惯性地喜欢被人追。”

莫莫猛点头：“是啊！你看过冰心的《太太们的客厅》没？就

是暗讽林徽因的。说什么金岳霖为了她终生不娶，话说金岳霖也是打算放弃，然后找个女人好好过日子。林徽因听说后，就立马梳妆打扮好，靠在自家窗户旁画画，然后算好时辰让金岳霖不小心看到。那金岳霖一看就如痴如醉。一次也就罢了，还反复几次。你说这个女人心机重不重，如果几百年往前后宫里一放，又是一个机关算尽的妃嫔。”

小月表示赞同地点头应道：“说得太对了！”

“这种女人太多了，你们家小星也是……”这话一出口，莫莫立马意识到自己说了错话，赶忙打住，视线从小月脸上飘到了桌上，准备伸手拿起杯子来喝茶。

小月一手按住莫莫取杯子的手，把头往莫莫身边侧了侧，轻声说：“你刚刚说小星也是这样的？小星具体是什么样的？这个话，我想听完。”

莫莫一怔，一时间不知道该说还是不该说。

小月继续说：“小星的事情，我也多多少少听过一些，不过从来都没听过完整版。我也觉得她不怎么样。你都知道什么，跟我说说，我保证不会说出去的。”

“我又不傻，你们是双胞胎。我才不要在一个面前说另一个的坏话呢，到时候左右不是人，把自己逼死。”

小月诱导着莫莫：“我发誓我不会说出去的，很多人都是因为觉得我和她是双胞胎，所以都不愿意跟我说小星的事情，不过我也对她很多不满，阿哲的事情就是其中一件。”

“哎呀，阿哲那个笨蛋只是小星那后宫男宠中的其中一个吧。

不算最帅的，也不算最有钱的，如果要说什么能拿第一的话，估计就是痴情了，不过对小星痴情那就是一种蠢了。”

小月听了这番话，心瞬间如同刀割一般，好痛好难过。可是她不能表现出来，因为如果让莫莫发现自己的情绪，那她肯定就不会继续再说下去，所以她表现得云淡风轻，就仿佛在听和自己毫无关系的八卦。

“还有几个我不知道你认不认识，什么任斌啊、小海啊、破破啊、老罗啊，这些都是我见过的，没见过的还不知道有多少。”莫莫思索了一会儿，继续说，“不过这里面还真是各有特点，要帅哥有帅哥，要才子有才子，要富二代有富二代，真是琳琅满目！哦，真是好羡慕啊！”莫莫说着说着已然从刚才的义愤填膺，变成了一副迷恋花痴的神态。

“你……”小月万分无奈地看着莫莫，“你也太不矜持了吧……”

“哎哟，这不是在你面前嘛，又没有外人在。偶尔的自然流露才不会把自己憋成内伤。”莫莫耍着性子轻轻地推了小月一把。

“那阿哲就只是其中之一？而且还不一定是最得宠的？”小月把话题绕回到阿哲身上。

“必然啊。身边那么多人怎么可能一一照顾好。”

“还有啊，前几天小星还突然和我要托比的电话呢。”

“啊？”小月大惊。

“她是问我，之前叫出来一起玩的那个叫托比的电话多少，她不小心删了。可是我记得好像他们两个人并没有见过面，不过我也没多想就给了她号码，那时候觉得也很有可能是某次我喝多的时候见过的吧，是我自己喝醉忘记了。今天听你说你和托比复合了，我才觉得事有蹊跷。”

小月沉默，她的心彻底碎了，她甚至可以听到自己心碎时片片瓦解的声音。她望向公园的湖面，湖面上水波荡漾，碧绿的水面倒映着岸边枝繁叶茂的树木，很优美的景色。不过又有谁知道，这湖水的冰冷会有多刺骨呢！

夜，有时候来得很快，却过得很慢。小月窝在床上一集接一集地看着《生活大爆炸》，她需要这样快节奏的喜剧来把自己的头脑占满，强迫自己不去想今天所发生的事情。晚上托比打电话来，自己也是有一句没一句地聊着，实在聊不下去就说自己要睡了，便挂了电话。她想找个人诉说一下心中的郁闷。找谁呢？有谁可以倾听？瑶姬吗？如果要跟瑶姬诉苦的话，就又要把事情的原委再叙述一遍，那自己的心又要再伤一遍，想了想还是算了吧。

小月起身去客厅倒水，出门看到小星的房间黑漆漆的。回头看了下时钟，已经快2点了。这么晚还没回来，不知道又去哪里混了，又有百分之几的可能性是和阿哲在一起呢？小月越想越为阿哲不平，她回身进了房间，拿起手机，拨通了阿哲的电话。

“喂？”阿哲接起了电话，旁边吵吵闹闹的声音，仍盖不住阿哲酒醉的语气。

“你喝多啦？”

“什么？你说什么？”阿哲嚷嚷着，“小月啊，怎么啦？”

“你喝多啦。我要跟你说小星的事……”

“啊？你是小星啊？”阿哲还没等小月说完，听到“小星”两个字就打断了对方的话，一副醉鬼的咿咿呀呀，“小星你怎么啦，你刚刚吃完饭不是说要回去了吗？怎么现在用你姐姐的电话打给我啊？”

小月压抑了一个晚上的情绪一瞬间爆发了，小星晚上居然是跟阿哲吃饭，到现在都没回来，却跟阿哲说吃完饭就要回来了。这个女人实在太可恶了！自己怎么会有这样的妹妹！小月的怒火一发不可收拾。

“喂？你说什么啊？我没听到？”电话那头阿哲依旧在吵嚷着。

小月突然就做了个决定，她学着小星的说话方式说道：“我手机欠费停机了。就用我姐姐的电话打给你了。我睡不着，好无聊。你在哪里喝啊？我去找你吧。”

“我在红馆 KTV，和几个同事。你要一起来吗？不过我喝多了，没法帮你挡酒了啊。”

“没事。我就是想喝酒了，我才不需要你帮我挡酒呢。我现在准备准备出门咯。”

“哈哈。好啊，好啊！红馆 KTV207，你快点啊。”阿哲愉快地挂了电话。

小月挂断电话后，深深地呼出了一口气。以最快的速度到小星的房间挑了一套衣服，扎了个小星时常绑的发型，拨了拨刘海，按小星的风格画上了上下两层眼线，涂上了厚厚的眼影，粘了假睫毛。小月平时基本不上这么浓的妆，化好了在镜子面前一看，自己都有点分不清眼前是小月还是小星了。不过时间不容许她想那么多，赶紧踩了双高跟鞋急冲冲地出了门。

这个时间的红馆KTV依旧有刚到的客人在排位置，灯红酒绿的喧哗唱着这个城市不灭的热情。厦门与其他城市的区别在于，它既可以是一个热闹的不夜城，也可以是一个静谧的月下湾。拿白鹭洲来说吧，你可以在红馆KTV疯到精疲力竭，但是如果你想清醒一下或是想马上进入两个人的浪漫，你只需要走出红馆KTV，来到筼筜湖畔，一下子就会进入到另一番天地。

小月在服务生的带领下，推开了门，暗乎乎的包厢里东倒西歪的几个陌生男子拿着麦克风狂吼，当她还在搜寻阿哲的面孔时就看到有人朝自己招手。

“小星，小星。来这里坐。”阿哲示意小月坐到自己的旁边，转身把身边的一个肥硕的同事往旁边推开，“过去点啊，我朋友到了。”

小月顺着阿哲的意思在阿哲身边坐下了，把包放到了沙发的角落里。

“哇，有美女来接驾啊。”阿哲的那个肥硕的同事边起哄边举起了手中的杯子，“有没有荣幸跟美女喝一杯啊。”

“这个荣幸当然有啦，”阿哲接过话，“不过不能便宜了你，大家一起喝一杯吧。给大家介绍下，这是我大学时候的学妹，小星……”

“嗨。”小月尽量摆脱自己平日的腼腆，因为小星是不会腼腆的。“这样好了，我那么晚到不如就让小女子先干为敬吧。”小月举起杯子。

“真是的，你跟这群流氓客气什么呀，一起一起啊。”阿哲招呼着这群男人和小月碰了杯。喝完落座后，阿哲一手搂住小月的肩膀，“来，想唱什么歌，我帮你点。”

小月被阿哲突如其来的一搂，全身不由自主地抖了一下。

“都可以啊……”小月马上接话，为了掩饰刚刚颤抖的小动作。

其实小月不想唱歌，她怕自己行动越多越有穿帮的危险。虽然自己和妹妹小学时候也玩过这样换装的游戏，瞒过了老师和全班的同学，她们双胞胎的面容是真的相像，就连现在都有一些不常一起玩的朋友分不清她们谁是谁，但是此刻在阿哲面前，小月却不知道为何总是忐忑不安。

“我们已经唱了好几个小时了，流行的基本已经唱完了。现在是怀旧趴了，你要唱老歌的哦。”

“老歌？”小月一愣，老歌对小月而言并非难事，只不过她现在的情绪真是很难找到一首歌来诠释，唱别的歌吧，又怕扫了大家的兴致，“我去找找看吧。”

这时候，包厢内响起了《花若离枝》的前奏，小月拿起麦克风：“就这首好了，选歌不如撞歌。”窝在沙发一角的小月对着屏幕，用闽南语歌里特有的哭腔静静地唱着。

恨你不知阮心意，为著新樱等春天。

不愿青春空枉费，白白屈守变枯枝。

红花无香味，香花亦无红艳时，一肩担鸡双头啼。

望你知影阮心意，愿将魂魄交给你。

世间冷暖情为贵，寒冬亦会变春天。

“恨你不知阮心意，为著新樱等春天。望你知影阮心意，愿将魂魄交给你”。这恰好是她想要向阿哲表达的话。情到深处之时，小月朝着阿哲的方向望了一眼。阿哲正举着手中一瓶啤酒，瘫在沙发上，听着这首歌，自顾自饮着。发现小月瞄着他，他笑了下，晃了晃手中的啤酒，仰头喝了一口，示意敬小月一杯。

小月朝阿哲笑了笑，目光回到了屏幕上，跟着自动播放的歌词，一个字一个字唱着，而心绪却早已飘开了。此时此景，阿哲对自己的所有爱慕、关切、温柔只因自己是小星的替身，这像是一场梦，又像是一场剽窃，剽窃了小星人生中的一个片段，剽窃了阿哲本不是对自己应有的情愫。这是第一次或许也将是最后一次，她可以借着小星的角色体验阿哲的好，这是可悲还是幸运？

自己的这场戏，虽然才刚刚开始，却已开始担心接近谢幕的时间。当谢幕之后，要再重演估计只能是妄想了吧。她脑中渐渐浮现起《喻世明言》里的一段话：枝在墙头花在西，自从落地任风吹。枝无花时还再发，花若离枝难上枝。

十来首歌的时间，又是一个小时过去了，阿哲已经彻底喝多了。他的那些同事也都喝多了，更有倒在沙发上睡过去的。

其中一个男人招呼着："各自杯中清完，我们走吧。阿哲，你带你朋友先走吧，这里睡过去的交给我处理好了。"

"嗯……"阿哲顺势把小月搂了过去，"小星，跟这些叔叔们说再见吧。"

"滚开吧你。好像你还是少年似的。"那个男子用力拍了阿哲一掌。

"那我们先走了哦，拜拜。"小月有礼貌地告别。

那个男子挥了挥手："嗯，走好啊，阿哲喝多了，照顾他一下。"

小月支撑着阿哲出了包厢，"你喝那么多，我先送你回去吧。"

小月对阿哲说。

“那么晚，你一个女生回去不安全，还是我先送你吧。”阿哲拒绝了小月的提议。

“我没事，你一个醉鬼自己怎么回去？”小月推脱道。

“那你干脆送完我就别回家了。好吗？”

听到这句话，小月浑身一紧，再一次无意识地抖了一下。她知道如果不回家会发生什么，她不是没经历过的人，不过现在对象是阿哲，一个自己暗恋了几年的人。她紧张也激动。

“嗯。好吧。”小月答应了。

阿哲把手从小月的肩膀上放了下来，牵起了小月的手，在路边拦了辆的士，两个人上了车。

而他们却没有发现，此时他们身后正有一双眼睛带着若有似无的怨看着这一幕……

小月随阿哲进了家门，“砰”的一声，阿哲用力把门甩上。“我去洗手间，你先坐下。”

小月还伫在门口，只见阿哲飞奔进洗手间，把门一关，便听到里头呕吐的声音。小月连忙脱了鞋，进了房间，隔着洗手间的门关切地问：“你没事吧？”

“没事。你先坐会儿，我很快就出来。”洗手间里响起了哗啦啦的水声，和呕吐声夹杂在一起，听起来都让人觉得难受。

小月坐在阿哲的床头，开了盏台灯，随手翻起了阿哲临摹的手稿。阿哲的画感觉得出很用心，只可惜感受不到天赋。和小星的比起来多了一分努力，少了一分灵气。她虽然不会画画，但是从小和小星在一起，耳濡目染也学会了一些基本的鉴赏。小星吸引阿哲的会不会也有一部分是由于绘画的缘故呢？人总是会迷恋一些和自己同领域并比自己强的人，阿哲对小星的感情是否也掺杂着这样的成分呢？

小月正思索着，洗手间的门“吱”的一声开了，里面的日光灯瞬间照亮了这个昏暗的小屋。短短的时间里，阿哲已经洗好澡了，穿着居家短裤从浴室里走了出来。

“你在看画稿啊，我工作后就很少画了，退步了很多。呵呵。”阿哲朝小月说道，“小星，你也去冲下吧，我给你拿条浴巾。”

“嗯。”小月接过阿哲递来的浴巾，往浴室走去。

“左热右冷哦。”阿哲嘱咐道。

小月很快就冲了澡出来，阿哲已经在床上呼呼睡去。她悄悄地关了灯，走到床边脱下拖鞋，蜷进了被窝。刚一躺下，阿哲便立刻把小月搂进怀里，抚摸着小月的肩膀，小月的手臂感受着阿哲胸膛的一起一伏。这就是他的心跳吧，小月暗想。

阿哲突然翻了个身，用整个身体把小月压在身下，鼻尖碰了碰小月的鼻尖，轻轻地把唇盖在小月的唇上。小月感受着阿哲的呼吸，感受着阿哲的刘海从自己的脸上移到脖子上，又到了胸前。她闭上了眼睛，手指插进阿哲的头发里，享受着这本不属于自己的一切。她终于得到了阿哲，这仅是肉体上的得到，对小月而言已经是莫大的安慰，曾经她的脑子、她的生活林林总总都被阿哲给填满了，而此刻她的身体也被阿哲给填满了，她透不过一丝气来，却觉得满足洋溢……

一番翻云覆雨之后，阿哲在她身旁重重地倒下了，厚实的手臂压在小月的胸前，重得使小月呼吸都不便，但是她没有移开他的手臂，而是抱得更紧了，她要狠狠记住这一刻，这个晚上。她千万种舍不得，舍不得阿哲将手臂抽走，舍不得时间嘀嗒嘀嗒地流逝，舍不得黑夜的离去……

清晨终究还是降临了，金黄色的一抹朝阳透过未拉紧的窗帘照进房间里，照醒了小月不愿醒来的梦。小月睁开眼睛，这一夜她未能安然熟睡，身边躺着的人是阿哲，她如何能够熟睡。她掀开被子下了床，捡起了随意被扔在地上的衣服，进了浴室。

她打开莲蓬头，凉凉的水从她的头上直直地淋下来，她要冷静地想一想，等一下要怎么面对昨晚发生的一切。她本想趁阿哲熟睡的时候一走了之，但是这样的一走了之是隐瞒不了多久的。阿哲总会发现昨晚他抱的人是小月而非小星，只不过是迟早的事情。与其逃避，不如面对。

洗漱完毕的小月推开了洗手间的门，阿哲还没醒。她轻手轻脚地穿好了衣服，拿起电吹风吹起了头发。电吹风的声音很大，吵醒了熟睡中的阿哲。

"小星……"阿哲眯着眼。

"我是小月。"小月说。

"什么？"由于电吹风的声音很大，阿哲没听清小月的话。

小月关了电吹风，抖了抖半干的头发："我是小月。"

"你？！"阿哲惊住了，脑袋一片空白，刚刚那句话像一个雷在脑子里炸开了，一下子手足无措。

两个人陷入一阵沉默，一动不动，唯一不安分的就剩下空气中的尘埃，在阳光的照射下显得格外的明显。阿哲如死灰一般望着小月，半晌说不出一个字来，眼神里闪过的情绪太多，令人一时间定义不了那是什么感觉。而小月也这样看着阿哲，两个人对视却无言。过了好一会儿，小月拿起电吹风，按下启动，继续吹着头发。

阿哲抱起衣服进了浴室，留小月在床边独自吹着头发。

小月本以为阿哲会质问她或是训斥她，没想到竟是如此平静的反应，平静得似乎自己只是他昨晚付费的一个妓女，今早醒来收拾完就会离开他的生活，从此不相往来。

他为什么不和我说点什么呢？小月心中纳闷。虽然她也不知道如果阿哲要说的话会是什么，只是一言不发地去洗澡实在太令人费解了。

“咯吱”一声，浴室的门打开了。拖鞋声由弱变强，越来越近，阿哲走到小月面前坐下，“我们谈谈吧……”

小月看着眼前这个刚出浴的男人，头发还是半干的，仍有几颗水珠挂在发尖，第一次看到这样的阿哲，真是越看越喜欢，可惜这样的喜欢只会令人无可奈何。

“好的。那谈什么呢？”小月在阿哲身边坐了下来。

“我说你听就好了。”

小月点点头。

“我很喜欢小星，你是知道的。你很喜欢我，我是知道的。虽然你们是双胞胎，但是外表一样不表示两个人给人的感觉一样。你应该懂的。你可能会不理解为什么我会那么钟情小星，其实我也不知道，这个问题我无法做出回答。”

“可是，你知道小星很花心吗？”小月提醒着阿哲。

“呵呵，你是要说她有很多男朋友，又有很多暧昧对象是吗？这些我都知道。”

“那你这样为她守候，岂不是白费精力浪费时间吗？”

“那你对我又何尝不是这样呢？”

“这……不一样。你又不花心。”小月试图解释着其中的差别。

“可是，你又真的懂我吗？有时候性格不合的杀伤力不会比花心来得小。”

小月低头不语。

“还有一件事情，我不知道该不该跟你说。除非你发誓你要保密，连在小星面前你都不能表示你知道。”

“好的。我答应。”小月立马答应。

“我和小星曾经有过一个孩子……”

“什么！”小月惊呆了，甚至不敢相信自己的耳朵，“什么时候的事情，我怎么不知道？”

“之前的事了。如果我们刻意隐瞒，你又怎么会知道呢？而且你现在也是除了当事人以外第一个知道的人。”

“那孩子打掉了？”小月支支吾吾地问着，她完全无法接受这个事实。

“是的。所以小星对于我而言，有些情感并非你能想象得到的，就算她现在变成这样，多少也有我的责任，哪怕没有我的责任，我对她的感情也没办法说散就散，或许换做别人可以简单地当做件往事，但是我没办法。所以，对于小星，多久我都会等下去。”

“多久都等？”小月对阿哲的决心有点不可思议。

“尽量吧。如果她结婚了，我自然就不等了。因为那样还等的话，就是对她婚姻的一种隐性伤害。我希望她幸福，自然不能成为她幸福的阻碍。”

“阿哲……”小月看着眼前这个男子，想劝说些什么，但却欲言又止，因为自己没有劝说他的立场，自己对感情何尝不是泥足深陷呢？

“所以，对于你的感情，真的对不起，有时候真的感觉无能为力。你应该明白，有的人明明很好，可惜却怎么都喜欢不上。有的人明明很糟糕，却无可奈何地被吃定。”

“这算是我的不幸，还是你的不幸呢？”小月拧着眉，眼神空洞着望着前方。

“都不是吧，是命运的不幸。”

“唉……”小月重重地叹了一口气。

“有件事情可以求你帮忙吗？”阿哲开口请求小月。

“怎么了？”小月困惑，不知道自己能够帮上阿哲什么忙。

“昨晚的事情，不要告诉小星好吗？我们就当什么都没发生过，可以吗？”

小月沉默了，她昨晚这样做的时候，甚至都没想到事发之后要如何面对小星，虽说小星和阿哲并非男女朋友，不过姐姐假扮妹妹和男人发生性关系这样的事情实在难登台面。既然阿哲说要忘记就按照他说的办好了，不然也没别的办法。

她内心深处是希望经过昨晚的一番缠绵，自己可以得到阿哲，现在看来是无望了。既然如此，不如就把这件事情当作一个海洋之心，深沉北大西洋海底好了。

“好吧。那就当没事发生吧，这样对三个人的伤害或许才是最小的。”小月答应了阿哲。

小月离开阿哲家已经是正午。厦门入夏的正午，太阳很大，却不热。没有炎热也没有温暖，就是死死的阳光。阳光亮得使人很难睁开眼睛，稍微往上看些，就会觉得眼球发酸，酸得自然而然地闭上眼睛，一些泪腺分泌物在眼皮下打着转，一个不小心就流了下来……

有的人，你觉得他很好，好到舍不得和别人分享。然而，你如此为他操心的时候，他却在为别人赴汤蹈火。他尊重你，但无法属于你。如果说爱都是对的，只是遇到错的人，那么面对这样的人，他如何能是错的呢？爱情有时真的是天时地利的游戏。失去，这两个字很令人伤心，但是你必须学会。舍不得，又能如何？再多的真情竟然拗不过命……

小月抹掉泪，掏出手机准备看时间，却发现近十个未接电话，都是托比的。想到昨晚的事情，小月对托比心生歉意。阿哲这个人已经彻底在自己的人生中画上了句号。往后的日子还好有托比，珍惜眼前人才是最重要的，还是和托比好好地过吧……

一个月就是四个星期，我们常说几周之前如何，几周之后怎么样。却没发现，这样的几个周累计下来竟也是一个月的事情了。有的事情经过了几周的沉淀似乎真的没发生过一样。而有的事情经过了几周的期盼终于近在眼前，比如五月天的演唱会。

“老师，还记得我们约好的事情吗？”小星给戴胜打电话。

“记得啊。你是说演唱会吧？”戴胜在电话那头说着，声音显得很疲惫。

“是呀。你今晚有空吗？”小星表现得很雀跃。

“这……是有空。不过我生病了，所以恐怕没办法和你去了。抱歉。”戴胜无奈地说道。

“哦……”小星情绪一下低落了许多。

“趁现在还有时间，你赶紧再约别人好了，不要浪费了票。”戴胜说。

“好吧，那你好好养病。”

小星挂了戴胜的电话，随即拨给了阿哲。

“出来陪我看演唱会。”小星命令的口气，不带一丝商量的意味。

“好的。几点？”阿哲竟也答应得爽快，这就是爱情里的一物降一物吧。

“七点。你来接我。”

“好啊，没问题。”阿哲满心欢喜地接受了。

五月天不是第一次在厦门开演唱会了，不过依旧大受欢迎。去捧场的大多数都是小星小月这种年纪的年轻人，因为五月天陪他们度过了年少轻狂的初中，也陪他们度过了生不如死的高中。在五月天的歌声中总能找到释放的解脱，是这个族群的一大共性。等他们现在有点钱的时候，自然会为自己几年前逝去的青春回忆买单，在歌声中找回那一丝丝的停驻感。记得在哪里看到这样一句话：青春才是最昂贵的奢侈品，因为拥有的人从来不会珍惜。

几个小时的演唱会结束了，没有“安可”，厦门人民没有“安可”的习惯，甚至大多数人都在最后一两首歌的时候，就已经开始退场了，因为如果和大家一同散场的话，交通的拥挤程度会导致大多数人只能选择步行回家。但是小星不同，她会呆到最后一首歌唱完，乐队下场，灯光熄灭后，她才会离场。

“怎么样？有没有很 high？”小星一脸兴奋地问阿哲。

“有啊，有啊。”阿哲其实并没有小星那么心潮澎湃，不过他努力配合着，不想扫小星的兴。

“吼了三个多小时，渴死我了。我们去买点喝的吧。”小星拉着阿哲进了便利店。

阿哲打开冰柜，拿了瓶可乐，转身问小星，“你想要什么？”

小星早已蹲了下去，在冰柜最下层选来选去，最终挑出了一瓶最冰的啤酒。她看了看阿哲手中的可乐，“啊？你不喝酒啊？”

“你喝酒？”阿哲的眼神里充满着不可思议。

“是啊。刚刚那么 high，现在当然要喝点酒才能过瘾了！这种感觉你懂吗？就像是你们男人不都是很喜欢在床上翻云覆雨之后点根烟的嘛。”小星回答得非常自然，“你也来一瓶？这样吧，我先帮你多拿一瓶，省得待会儿你想喝了没有酒。”

“那你为什么不拿易拉罐？要拿玻璃瓶？”

“你傻啊！玻璃瓶的量多啊！”

“……”

小星把酒往收银台上一放，一脸霸气地说，“老板，结账。顺便帮本小姐把这酒给开了，两瓶都开了。”

出了便利店，小星就开始仰头畅饮了。

“你不觉得国内不让带饮料进会场是很不合理的吗？演唱会就是要边听边喝酒才会有感觉的。”小星一边说话一边不忘对着瓶口吹酒，“我听我一个朋友说，他们在英国，大家都是带着酒去看演唱会，然后全体一起疯狂，这样才痛快。有的人明明对一个歌手不太喜欢，却还是去看演唱会。别人不理解，他说我就是来喝酒的。多豪迈呀！那才是人生呀！”

阿哲饶有兴致地听着，“看来英国是真不错，你确定去了？”

“是！”小星斩钉截铁地回答，喝干了瓶中的酒，回头看了看阿哲，眼神中流露出一丝期待，“你真不喝？你不喝的话，我把你这份也喝了啊？”

“呵呵，好吧。”阿哲笑着说。他知道如果他说要喝的话，小星绝对会冲过去买第三瓶酒，与其这样不如就让给她喝好了。

阿哲和小星有一搭没一搭地聊着，走到了离会场很远的地方。突然眼前驶过一辆的士，小星连忙招手拦下。

“你要这样上车？的士上好像不能喝酒吧？”阿哲对小星说。

“啊？真的吗？”小星毫不迟疑地说，“没事，我现在就把剩下的干了。”说完小星便抬头猛灌。

“……”

小星把酒喝完了，抹着嘴巴，“搞定！”

阿哲笑着摇了摇头：“你这样不怕把追你的男人给吓跑吗？”

“怕啊。不过我更怕自己憋出内伤。你懂我的，我不是那种淑女文艺青年。我要留住追我的人，只能靠运气。”小星一脸委屈地说。

“呵呵，好吧，我懂，快上车吧。”阿哲看着眼前这个女子俯身钻进车里，如果可以一辈子看她这样发癫也是一种幸福吧，他想。

此时，小月和托比也刚看完演唱会，小月在托比的车上发着牢骚。

“真讨厌，刚才就应该提前走的。现在堵成这个样子，到家不知道要什么时候了。”

“晚点就晚点咯。你难道不想跟我多呆一会儿吗？”托比哄着小月。

“那呆也不是呆在车上吧，这样堵车会让我得抑郁症的。”

“不然你下车，跟在我车旁边走。等路不堵了你再上来？”

“哈哈。”小月干笑了一下。“你的幽默感什么时候变得那么糟糕了。”

一阵震动响起了。“咦？什么东西？”

“哦。是我的手机。”托比从车里的置物筐里拿出电话来看了一眼，就按掉放了回去。

小月看在眼里却不说什么，是谁打来的电话，托比居然不想接。

这时候电话又响了起来。托比再次把电话按掉了。

“为什么不接呢？”小月开口问托比。

“懒得接，又是叫去喝酒的局罢了。”

“哦。”小月应和了一声。

叮叮叮……

一个信息进来。托比的信息是直接显示内容在屏幕上的，于是小月清清楚楚地看见了短信的内容。

——你在哪里？怎么不接电话。还把我的车开走了！我现在要出门，速回！——

小月看到这个信息的同时，托比也看到了。托比慌张地伸手准备去拿手机，小月一个抢先迅速地将手机夺了过来。

“你要不要解释一下这是什么意思？”

“没什么意思啊。”托比打着马虎眼。

“什么叫没什么意思。你当我不知道是谁发来的吗？”

托比没有回答小月，看着眼前的路况继续开车。

“不说话是什么意思？不说话就是默认了吗？”

“小月……我……”托比边开车边试图解释。

“你不要再顾左右而言他了。你这样算什么！你不是说你跟那个女人不再联络了吗？”小月越说越激动，声音越提越高，“那她为什么会叫你速回？你们居然不仅有联络还仍旧同居！你不是说这个车是你自己的吗？怎么现在变成她的了？”

托比没有回答，继续沉默地开着车。

“你也太不要脸了吧。你是一个男人啊，居然为了钱做这种妓女做的事情。你也太下贱了吧！”小月尖酸刻薄地讽刺着托比，“亏你还有老婆有孩子，你老婆把孩子带走真是没错，免得他长大之后知道自己有个卖身的爸爸一辈子都抬不起头来！”

“够了！”托比大吼。小月刚刚的一席话，真是句句刺伤了托比的心，伤了他的自尊。

“你朝我吼什么吼啊！你要是不爱听这些话，你就不要做！做了又不允许别人说了吗？难道我哪里说错了吗？”小月继续损着托比。

托比实在忍无可忍，“你不要以为你自己多圣女好吗？你自己做的那些狗屁事情，我不想提罢了。你还以为我不知道吗！”

小月被托比反咬一口更为火大，“我？我行得端坐得正。你不要污蔑我！”

“污蔑？！”托比冷笑了一声，“几周之前，凌晨的红馆KTV。我跟你通完电话，你说你去睡觉了。结果凌晨搂着一个男人从KTV出来。我给你电话，你连接都没接。你敢说那个人不是你吗？”

“我……”小月没料到自己那天晚上和阿哲的事情竟然会如此机缘巧合地被托比逮到了。

“你别想说什么那是你妹妹、你们是双胞胎之类的话。我告诉你，你们虽然像，但是我和你认识那么久了，我绝对不会认错人的！”

小月怔住了，吞吞吐吐地说，“那天，那天……是特殊情况……”

“不要搞笑了，一个女人背着自己男友跟另外一个男人勾搭回家，什么情况都是特殊的了。”

“你竟然跟踪我！”小月无法和托比正面交锋这件事情，于是想把话题扯开。

“我还真没跟踪，我没你那么心思细密。我是无意中看到的。”

“这叫你不仁我不义。”

“你还有脸说。你好像刚刚才发现我的事情吧，怎么谁先谁后一下就颠倒过来了。”托比继续愤然地说，“没错！我是离不开那个女人。但是我离不开那个女人是因为金钱。我要生活，我还有一个孩子要养。虽然身体不能百分百属于你，但起码心是在你身上的。你妹妹小星也私下约过我，不过我完全没有理会。我不是说自己多正人君子,但是起码我对你算是无愧于心,我把我能给你的都给了你。而你呢,东食西宿!”

小月气得要死,但是又由于自己曾做过的事情没有资格再对托比指责训斥。她恼羞成怒地吼了一句,“我要下车!”

“好!”托比一个急刹车,车在马路中间停了下来。

小月本来只是想威胁一下托比,不料托比真的把车停了下来。小月此时不走的话,那面子是绝对挂不住了。

“砰”的一声,小月狠狠地把车门甩了回去,朝着车流逆向大步离去……

第七章
成熟比成功更重要

人，其实就是可以分成两种。一种是有事情使得他快乐，于是他快乐的人；另一种是没有不好的事情使得他不快乐，于是他快乐的人。

我们在这个纷杂的世界里，好坏与否也都活了二十多年。有的事情，我们在十来岁的时候就看透了；而有的事情，我们到二十多岁才看透；更多的事情，也许是到了三十多岁依旧无法看透。

是不是看透了就是成功？看不透便不再去看透就是成熟？这样的简单定义是否略显偏颇。

我们往往穷尽一生去寻找爱人，找到了之后便企图改变他们，把他们变成我们想要的样子，去控制他们、去摆布他们。也正是因此，我们失去了他们。

蓦然回首，找到爱人是不是成功？拥有爱人是不是成熟？空思量，忆难忘。

小月逆着车流走了好长一段路，心情依旧很低沉。明明刚才托比才是应该被训斥的人，自己却被反咬一口。并且，托比早就知道她和阿哲的事情，居然可以当做没事人一样和自己出双入对的。到底是什么居心，没挑明是太在乎还是太不在乎？

叮叮叮……

小月的电话响了起来，小月不耐烦地从口袋里摸了出来。是小星，她打来干嘛，小月想都没想就挂掉了电话。自己此刻的心情已经够烦了，实在不想跟别人说话。

叮叮叮……

小月刚把手机放回口袋就又响了。这次打来的是妈妈。妈妈打来的电话她不敢不接了。

“喂？”

“小月。你快回来。出大事了！”不等小月话音落下，小星就在电话那头急冲冲地说道。

“小星？你为什么要用妈妈的电话打给我？妈妈她人呢？”

“她和爸爸在……哎呀，总之说不清楚。你快回来就是了。”

“有什么就说什么啊，怎么会说不清楚，到底怎么了？”小月追根究底地问。

小星捂着电话小声地说：“他们，要离婚……”

“啊？！”小月瞬间呆掉了。

小月伫立在街上，而场景的另外一端，托比正开着车一路往前。两个人形成一个线段，一端固定，另一端则越行越远。刚刚两个人的争执，令托比也是一肚子的火没处发泄。他拨通了莫莫的号码。

"哈喽……"莫莫刚接起电话就亲昵地打着招呼。

"我要气死了！"托比发着火。

"哎呀，又有什么事情让你生气了呢。我之前听小月说你们复合了，你们现在不是应该你侬我侬的时候吗，还有什么可生气的呀？"

"说到这个我就气，我跟你说……"托比把刚才两人吵架的缘由一五一十地告诉莫莫。

"就这样啊……"莫莫听完十分冷静，和托比的义愤填膺形成鲜明对比。

"什么叫这样啊。这已经很严重了好吗？！"

"可是，你托比不也是见惯大风大浪的人吗，怎么这次在阴沟里翻了船？"

"这哪里算是阴沟。这已经是很大的事情了好吗？"

"好吧，如果你觉得是大事，看来你是真的用心了。一旦用心了再小的事情也是大事了。"莫莫在一旁帮托比分析着，"看来你是真的很爱小月，不然你也不会如此在意她。如果换做是别的女人，你估计早就玩腻了。"

"不懂，我没去深想过这个问题。"托比烦躁地说，"那你觉得我现在应该怎么办？去主动求和吗？还是……还是，就这样算了，反正她也和别的男人搞不清，这样的人追回来也留不住。"

"你想怎么办？"

"我不知道……"托比不耐烦地说，"我要是有主意了还来问你吗？"

"那你先问问你自己能不能接受她与那个男人的事情。"

“其实，我似乎不太介意。”

“不太介意？居然有男人不介意自己女人在外面勾搭？”莫莫大为不解。

“怎么说呢，刚看到的时候我是很生气。不过后来我想，其实以我现在的状况，也没有资格要求她什么，所以我觉得，如果她的心仍在我这里，我还是愿意继续和她在一起的。只要她不计较我，我也包容她。”托比说着，口气更像是自言自语。

“天啊，好畸形。这算哪门子爱情，婊子遇到戏子吗？”莫莫声音提高了一个分贝。

“请注意，当我和你掏心掏肺时候，麻烦你的措词友善一点好吗！”托比对莫莫的概括略显不快。

“好吧，那现在看来她是无法不去计较你，从而导致你无法包容她。”莫莫按托比的逻辑推理着。

“所以你也觉得错在她，是吧？”托比说。

“虽然这样说起来有点荒唐，但是似乎是她错得更多一点。不过你们这不像爱情，这只是在追求两个人之间相处的平衡。相处不等于爱。”

“我不想听这些。我就想知道要怎么做。是去追回来还是就这样好了。”托比不耐烦地直接想问个做法。

莫莫思考了一会儿说，“你还是先不要联络她好了。两个人冷静一段时间。你们就是因为不适合才会这样一分一合的。哪怕现在追回来了，也没用，不合仍旧存在。”

“嗯，是的，你说得很对。”托比表示赞同莫莫的说法，“谢谢了，我知道怎么做了。”

托比放下电话，驾着车消失在斑斓的夜色之中。人生不如意十之八九，总有些人终究是属于遗憾的，或许小月对自己而言就是那个八九之中的不如意吧。离开就离开吧，在这条路上画上记号。或许哪一天离开的原因再也想不起的时候，可以在回到这条旧路上把未来重新开启。

小月推开家门，爸爸在客厅沙发上坐着，客厅的灯开得敞亮，但是没有开电视，房间里死一般寂静。妈妈不在客厅，估计是在房间里，不然也没有别的地方可以去。

“你终于回来了。”小星上前拉住小月，悄悄地说：“来我房间说。”

小月换了拖鞋，随着小星进了房间。

“这到底演的是哪一出？”小月迫不及待地问。

“完全偶像剧啊。”小星一副唯恐天下不乱的神情。

小月瞪了小星一眼：“正经点，现在出事的是你爸妈！”

“哦。”小星清了清嗓子，“台湾八点档看过吗？”

小月翻了个白眼。

小星没有理会小月的不屑，继续绘声绘色地说，“一个穷小子和一个多金富二代女相爱，但是因为双方家境相差太大，必然引发争端和矛盾，之后发生了一系列的林林总总。故事的尾声，女主角去了英国，接着……”

“够了。”小月打断了小星的话，她极为反感自己的妹妹用一种八卦的第三人称的态度来描述自己父母的经历。“你有没有良心啊，这是你爸妈啊，他们要离婚，你懂不懂这事的严重性啊。你不要幼稚得让我觉得你是白痴好不好？”

“我……”小星一时哑口无言。

“行了，我听够了。你所谓的穷小子就是我们的爸爸，富二代女是谁你直接说吧。不说我就去和妈妈说，你用玩笑的态度看待他们的婚姻和人生。”

小星听到小月的教训才发现自己的过错，唯唯诺诺地回答道，“富二代女是一个叫素云的女人。”

“那爸要离婚是因为她？想和他再续前缘？”

小星不敢多说话怕又挨骂，于是点点头。

“那个女人不是说去了英国吗？”小月问。

“回来了。”

“为什么回来？”小月追问。

“有人死了，回来送葬的。”小星小心翼翼地回答。

“谁死了？家人？亲戚？”小月一惊。

“忘记了。好像是朋友吧，又或者是亲戚。”小星搜寻着记忆。

“好了，最后一个问题，那他们是怎么遇上的？”

“哦，这就是我刚刚要继续说的，也是你打断我的部分。事情是这样的……”小星又准备开始长篇大论了。

小月连忙截断：“说重点。”

“哦。”小星无奈地撇了撇嘴，“他们在我们家的甜品店遇到的。然后就相认了，接着便聊了起来，聊开了就聊到过去的重点事件，接着就冰释前嫌了。”

“真是荒唐，冰释前嫌也没必要离婚啊。”小月愤然。

“这个我倒没有细问，不然我们出去问问爸爸？”小星建议着。

小月思索了一会儿，拉开房门，朝客厅走去。

“爸……”小月犹豫着接下来要怎么说。

“你不用劝我了。”邱峰生硬地打断了小月的话。

“……”

“我也有我的难处。”爸爸深吸了一口烟，又重重地呼了出来，“你们如果有兴趣，我可以带你们见一下那位阿姨。她叫素云。”

“……”小月没有作声。

“其实，我走了之后，仍然是你们的爸爸，你们不用难过。我只是换个地方生活而已，你就当我是出了个远差或是常常不在家吧。”

“爸，你不是换个地方生活，你是换了个人生活。”小星在一旁按捺不住地接话。

“你要体谅我的难处。”

“那你觉得我们给你最大的支持是什么呢？”小月终于开口了。

“给我最大的支持……让我随素云走吧，补偿我之前亏欠她的。你们替我照顾好你们的妈妈，帮她把我们家这个店好好经营下去。我想做到两全其美，可是我又不愿被人说享齐人之福。而且，我也做不到别的男人那种左右逢源，我能做的只有成全其中一方。”

“那为什么不是成全妈妈呢？你们都几十年了，难道没有感情吗？怎么可以说散就散呢？”小月问。

“如果你们还是小孩，我肯定要担负起照顾你们的责任，我断然不会走的。但是现在你们长大了，我想你们也可以接受这件事情，并且有能力照顾好你们的妈妈，所以我才打算陪素云走的。素云很可怜，她丈夫死了，又无子女在身边，一个人远在他乡，无依无靠的。”

“谁可怜就陪谁吗？生活是过给自己的，不是过给别人的。如果谁可怜就和谁生活的话，路边的乞丐更可怜，你为什么不和他们去过日子？”小月对爸爸的解释十分的不理解。

“我自然也是有私心的。”爸爸把烟戳进了烟缸里，拧灭了，“你们不知道我几天前遇到她时是什么样的心情……”

往前算几天，正好是小满。厦门的节气变化其实并不算明显，一般在这种春夏交替时分，天气都处于随机模式。受到亚热带性季风气候的影响，厦门这阵子总是雨水不断。但是雨水不断仅仅是模式之一。更独特的是，可以在一周之内领略四季的温度，例如周一还是26℃的适宜，周三就已经到32℃的炎热，转眼周五又变成了18℃的微凉了。所以，这时候的厦门真是尽显厦门人民的穿衣搭配本色，外套短袖长裙热裤背心吊带应有尽有。

渐渐入夏的时候也是小月小星家甜品店生意走旺的开始。

“第二桌的芒果绵绵冰好了吗？”小月爸爸在店里忙里忙外的。

“好了，老板。”

“行，我端过去吧。你赶紧做别桌的。”小月爸爸吩咐着伙计。

第二桌坐着一个女人，一个长卷发的中年女人，若有似无地饮着手中的大麦茶，视线一直盯着窗外，不知道是在看些什么，却有一种悲伤的情绪淡淡地散发出来。

小月的爸爸将芒果冰端过去，“你好，这是你的芒果冰。”

女人抬头看了他一眼，“谢谢，放在这里就好了。”

当小月爸爸与这个女人眼神交汇的刹那，心中砰然一怔。这个女人，竟让自己有一种莫名的似曾相识的感觉，却又无法说清是在哪里相识的。

小月爸爸开口，“看你不像厦门人，是来玩的吗？这里的榴莲班戟很出名，在做七折优惠，需要来一份吗？”

“你好眼力啊！”那个女人笑着回答，“我刚从英国回来。以前是在厦门工作的。榴莲班戟？来一份吃吃好了。”

“英国……”小月爸爸若有所思地重复着，顿时眼神中闪过一丝诧异，“你之前在厦门的时候，是不是养过一只阿拉斯加？”

“啊，你是……”

“是不是最后那只阿拉斯加跑丢了？”

“你……你是……邱……邱峰？”这个女人的声音激动得都有点发抖了。她不敢相信几十年没见的人居然在这样一个毫无预兆的下午，在这样的一个街旁小店里遇到了。倘若能预知这样的偶遇，她应该打扮一下，起码发型要梳得精神一些才好。

“你之前不是都叫我阿三的吗？”小月爸爸的眼神里流露出一种多年不见的温柔。

“阿三……”

“素云，你怎么回厦门了呢？”邱峰拉了张椅子慢慢地在素云身边坐下，回头朝前台喊着，“给这桌拿一份榴莲班戟。把单删了，这桌是我朋友。”

“我的一个好姐妹去世了，我回来送她的。”

“这样啊，节哀吧……”邱峰顿时不知道说些什么才好。

“呵呵，我们这样年纪的人，有时候一个告别转身，就再也没有相见的机会了。”素云黯然神伤。

“不要说这样的话，太消极了。”邱峰说。

“这是你的店？生意挺好的样子。”

“凑合吧。你在英国过得如何？”邱峰关心着素云的生活。

“呵呵。一言难尽。电视里都说，在分了手的人面前一定要表现出活得很好的样子，以此证明没有他自己也可以过得很好。我不知道是不是也应该在你面前表现得这样。”素云回答着。

“我们都是年过半百的人了，还这样矫情干嘛？”

“我父母都已经去世，丈夫也死得早。我又没有儿女。阿三，你觉得我会过得怎样？”素云转头看向邱峰。

“啊？”邱峰没料到素云的日子这么孤独，他以为她在国外应该享受着衣食无忧的天伦之乐，“那你为什么不回厦门来呢？”

“在国外也没亲人，回来了没亲人，还回来干嘛呢？而且，在国外更舒适些。医疗条件各方面也都更好。人老了，医院比商店重要。”素云低头摆弄着手中的勺子。

“……”邱峰沉默着。他心想，如果当年不是造化弄人，如果他与素云依然相恋，此刻眼前是不是会有另外的景象。

“你呢？这些年你过得怎么样？”素云边吃着芒果冰边问着邱峰。

邱峰听了素云的遭遇如此坎坷，也尽量把自己的惬意生活说得云淡风轻一些，“我呀……我有两个女儿，双胞胎。”

“恭喜啊！”

“难教得很。呵呵。”邱峰抱怨中依然听得出甜蜜。

“怎么会想开一家这样的甜品店呢？”素云环顾了一下这家店。

“我老婆喜欢甜品铺子。你知道的，当初我又没工作，就和她一起开起了这家店，也算是两个人的小创业吧。”

“真好……”素云淡淡地说，却难以掩饰自己浓浓的羡慕之情。

邱峰不知道要说些什么，两个人就这样安静着。

也许是沉默的时间太长有点尴尬，也许是有些问题在素云心中萦绕多年，也许这就是命中注定，素云开了口：“当初你离开我的时候，到底因为什么？为什么就这样毫无声息地一走了之？”

“……”邱峰皱眉不语。

“你说吧，下周末我就回英国了，今生也许都没机会再见，算是了却我的一个心愿吧……”

“你下周就走？这么快？不多玩几天吗？”邱峰对素云那么快就要离开显得很意外。

“玩？有什么好玩的呢？都已经物是人非了，不是吗？”素云苦笑了一下。

“是吧……”邱峰的回忆渐渐浮现了起来。

“所以，你打算告诉我当时的原因吗？”

“当时……唉……真是说来话长，不说也罢。”邱峰试着再次拒绝回答这个问题。

“好吧。看来是因为你真的不爱了，果然如我家人说的你是另结新欢了。”

“不是的，我一直很爱你。我有我的苦衷，我也是被逼无奈。我怕我说了，你会看不起我……”邱峰面露难色。

“阿三……我不求一心，但求用心。你当时对我是用心的吗？”素云深情地看着邱峰。

“当然。离开你之后，我消沉了好几年才慢慢好起来。”

“那究竟是为什么？”素云又绕回到这个问题上。

“我说了，你不许瞧不起我，也不许怨恨你的家人……”邱峰终于打算坦白了。

素云点头。

邱峰把几十年前自己的遭遇从头到尾说了一遍，自己有多爱素云，可惜她父亲不同意，因为他家里很穷。素云的父亲找过邱峰，希望他能够离开素云。这样对两个人都好。邱峰果断拒绝。素云的父亲说了很多侮辱邱峰的话，他都咬咬牙硬忍下来。只不过邱峰家真的太穷了，家里不仅维持生计已经很困难了，还有一大堆亲戚和朋友的外债。邱峰每天不停地打零碎工，就是为了减轻家里的负担，不想让素云因此而看不起自己。

素云的父亲第二次找到邱峰，提出如果邱峰愿意离开素云将给邱峰一笔钱，足够邱峰家还清外债。素云父亲管这个叫做赎身款，只想让邱峰放弃素云，给她一个自由身。邱峰哪里会肯，素云父亲见软硬兼施都无效，大为光火，给邱峰撂下了狠话：倘若不肯与素云分手，他也不会同意他们的婚姻，他会一直囚禁素云，这辈子都不让素云嫁人，让她一生都活在痛苦与孤独之中。邱峰听到素云的父亲说出这样的话，看来他是铁了心要拆散他们。邱峰不忍心素云为自己耽误了青春年华，他什么都不是，不值得她赔上幸福。他同意了素云父亲的条件，决定离开，离开这个女人，这个困住自己所有美好回忆的女人……

桌子上的芒果冰已经渐渐地化成了一盘冰水，以前的幸福形状早已经消失得无影无踪，一点痕迹不剩。回头看别桌新上的芒果冰，形状与色泽都分外讨人喜欢，更是反衬着眼前的芒果冰已经一去不复返了。

“……”

“……”

素云与邱峰相视无言，此时无声胜有声。素云努力撑着眼里的泪水，时不时地深呼吸只为让眼角透透气。邱峰不敢正视素云，他心里的难过不会比素云少，只不过这一切都是自己选择的，他能如何，他连后悔的权利都没有。

“阿三，谢谢你，谢谢你那么爱我。”

“听完这些，你不恨我吗？”邱峰胆怯地问。

“不会。如果是以前，我会，我会恨你，恨你为什么没有经过我同意就这样做了，但是现在估计真的和从前不一样了。我懂，我也能体会你当时的感受。如果换做是我的话，我也会和你做一样的选择。”

邱峰注视着素云，看着这个他曾经爱得胜过自己生命的女人，“我现在对你的感情仍旧没有减少。你信吗？”

“我信！因为我也一样。可是又能如何？现在何尝不是又一次的身不由己，我们的生活从未由自己做主。”素云的眼眶渐渐湿润了。

“以前我没办法，因为我有难处。今时不同往日，我已错过一次，不能再错。我也不允许自己人生留下那么重的遗憾。”

"那你打算怎么办？"素云迟疑地问。

"留下来和我在一起。要不然我和你一起去英国。"邱峰眼里的坚定令人感觉未来就在眼前。

"那你老婆怎么办？你的女儿们怎么办？你的店怎么办？"

"这些我会想办法的，你不用担心。我会处理好的。我就要你一句话，在一起好吗？"邱峰轻轻握住了素云颤动的手。

"好。"素云的泪水终是滑落了。

当然，这个决定下了之后，滑落泪水的女人不止有素云一个，还有小月小星的妈妈——颜翎。

盛夏眼看着就要到了，这个季节厦门的凤凰花开得甚好。凤凰木是厦门的市树，凤凰木开凤凰花。凤凰花开两季，一季旧人走，一季新人来。花如其名，恍如泣血的凤凰一般，红得壮烈、红得刺眼、红得肆无忌惮、红得无怨无悔，这一抹红生生红进人的心里去了。站在树下，风一起便是漫天的红花起舞，随风洋洋洒洒，令人着迷。

六月凤凰花开，正是送别的季节。

小月坐在黑糖咖啡馆的户外，对着这飞舞的凤凰花出神。瑶姬坐在她对面，用汤匙搅拌着拿铁中的砂糖，一脸苦闷。

"你也太冷静了吧，你爸这几天晚上还是没回去吗？"瑶姬对小月的一言不发表示不满。

"没有。"

"那你妈妈呢？"

"她？她还是一句话不说，把自己闷在家里，拒绝和别人沟通。"小月想到妈妈的状况，不免深为担忧。

“唉，她肯定是表面风平浪静，内心波涛汹涌。不会把自己弄疯了吧？”

“你以为我不担心吗？我能有什么办法啊。怎么劝我爸都没用，好像铁了心似的，从前都没见他下决定下得那么快又狠的。”

瑶姬放下汤匙，嘬了一小口拿铁，将嘴唇周围的奶泡添干净，“真是星座不合呀。”

“你……聊那么严肃的话题，你不要突然跳到星座上好不好，这跟星座也扯得上关系？”

“当然啦。有些问题解释不清就只能归于命运，而造就不同命运的先天缘故就是星座。所以用星座来解释每个人的聚散离合，总是无懈可击的。”

小月不屑地摇摇头：“星座是托词。”

“可我却觉得这个托词虽然可悲，但是很好用。”

“……”小月不想再和瑶姬争论下去，因为她明白女生当中总有一类人，她们的思维方式是逆人类的，而且她们的逻辑虽然扭曲却也屹立不倒，所以最好的办法就是听听就好。

“现在的人都很现实，一个不小心就被优胜劣汰了。”瑶姬继续发表着意见。

“不会呀。你跟你家男人不是很稳定吗？”

“稳定是稳定。外人看起来是挺好的，可惜越是稳定就说明越是热情减退。”瑶姬冷静地说道。

小月不禁为瑶姬的感情担心起来，“天啊，你不会要告诉我，你们也准备分手了吧。你们要是分了，我还怎么相信爱情啊？”

“没分啦。他对我很好，好到我今晚说要结婚，他明天一早就送户口本过来登记的那种。”

“那你感慨个什么劲啊。”小月吁了一口气。

“因为我也有曾经啊。你以为我经营这段感情容易吗？要不是有那么多前任做牺牲，我哪里学得会如何掌控男人呢？能遇到完美男人的女人有几个？有这样好的运气还不一定有这样好的男人，只有拥有上乘的御夫术才是王道。”

“……”

“有的女人绞尽脑汁追到一个男人，觉得搞定了男人于是便懈怠了，这是极为愚蠢的。一段感情开始了，需要发挥女人智慧的时候才刚刚开始。真正聪明的女人即使结婚之后也依然是时刻警惕的，而且她们不会让男人发现她们在用心思掌控。男人总是喜欢笨女人，所以我们就要聪明地笨给男人们看。”

“天啊。做女人压力真大！”小月苦恼着。

“压力是大，但是竞争压力就不大。”瑶姬笑着说。

“怎么说？”

“因为真正有智慧的女人一万个里挑不出一两个，大多数女人都是懒鬼。”瑶姬又喝了一口拿铁，继续说道：“打个比方吧。全天下的女人都知道男人喜欢瘦的，但是仍旧有很多女胖子。她们总是觉得，没有男友，努力瘦给谁看呀，再多努力也没人追，一点动力都没有。可是她们也不想一想，这就是活生生的恶性循环！然后，有了一个男友，便觉得这样的男友能找到我这样的已经积了几辈子福了。我不嫌弃他就不错了，他还嫌我胖？又或者觉得反正已经有男人要了，还那么努力瘦干嘛，多辛苦啊。”

小月听得猛点头。

“没错吧，太多这样的女人了，她们存在就是等着被优胜劣汰掉，来突显其他女人的优势。除非她们有钱，不然找个帅哥是不可能的。但是，就算有钱，她们也只能找不如自己的帅哥，因为条件相当的帅哥看得上她们简直是天方夜谭。男人不傻，自身条件那么好，你何德何能，凭什么选你呀。找你还不如找一个同等条件的帅哥呢。”

“哈哈哈……”小月听得大笑起来。

“我说的有道理吧？”瑶姬一副经验老道的样子，“瘦是一个人的事情，连瘦都做不到的女人，你凭什么相信她有能力做好两个人的事情？”

“好吧，我是受教了。如果我妈早听到你这番话或许就不会遭遇如今的波折了……”小月听着听着又想起了自己的妈妈。

“对了。你有没有想过去找那个叫素云的女人聊聊？毕竟解铃还需系铃人呀。”瑶姬点拨着。

“是吗？”小月思索着，“那你觉得她会见我吗？”

“为什么不会呢？如果她真要和你爸爸远走高飞，那她就算是你的后妈，你也算是她半个女儿，有什么理由不见？”

小月觉得瑶姬的分析不无道理，“那我自己去找她见面？还是和我爸爸一起？”

“这个呀……最好是你和小星一起去。但是，有什么理由可以支开你爸爸，这个你就要好好策划一下了。”瑶姬边喝着拿铁边说。

“好的，我现在就给小星打电话商量一下。”小月从桌上拿起了手机。

电话一下子就通了。

“你在干吗？”小月问道。

“没干吗。”

“哦。”小月问她在干吗，只是一个开头罢了，并不是真想知道小星在做什么，所以无论小星说什么，小月都一样继续她的话题，“和你说件事，我觉得我们应该去找找那个女人。我们老是想说服爸爸没用，解铃还得系铃人，懂吗？瑶姬说了，要从那个女人入手。”

“是的。我跟戴胜说了，他也是这样建议的。”

“你怎么到处去说？家丑不可外扬，你不知道吗？”小月对小星把家里的事情说给自己不认识的人十分不满。

“什么叫我到处去说，戴胜是我老师，你又不是没有见过。上回你在海边发疯就已经家丑外扬了。”小星不甘示弱地回击。

小月一听到那晚的事情，便不想继续这个话题，“行了，行了。你现在在哪里？我们来商量一下怎么做吧？”

“我在画室。”

“我也在厦大，我在黑糖咖啡。你结束了来找我吧。怎么样？”

“好吧，我正好打算走了，现在就去找你。”小星满口答应。

一杯咖啡见底的时间，小星到了咖啡馆，不过小星不是一个人来的，身旁还跟着一个男人。这个男人便是小星的老师，戴胜。渐渐下沉的夕阳，将咖啡馆染上了一层忧郁的暗金黄色，就像美图秀秀软件的LOMO效果，异常鲜艳的红、黄、蓝在咖啡馆的地板、墙壁、植物、桌布上跳跃着，也悄悄跑到了戴胜的眼镜框边上。

“嗨，瑶姬你也在呀。”小星和瑶姬打着招呼。

瑶姬浅笑地点了点头。

“这是戴胜，我老师。”小星简单地为她们介绍了戴胜。

小月看着眼前这个男人，这个男人就是那夜自己在海边喝多了遇到的那个人吗？自己怎么一点记忆都没有。一想到自己在一个陌生人面前耍酒疯，小月尴尬得恨不得杀了这个男人。

戴胜向瑶姬点了点头，又看了小月一眼，“好久不见。”

好久不见……小月心中翻滚着，这说明他清楚地记得自己，唉，真是丢人。

“快坐吧……”小月把自己的包拿起来，放到了自己的身后，腾出位置给小星和戴胜。

“你有什么计划吗？”小星开门见山地问小月。

“没。就是跟瑶姬刚刚简单聊了一下。觉得老是做爸爸的工作没有效果，还是换个人下手才行。”

瑶姬接过话来，“但是你们的妈妈一直把自己封闭起来，完全不愿意接受这个事实，不出门，也不与你们的爸爸深谈这件事情，所以从她下手效果同样不大。现在就只剩下那个突如其来的小三了。”

“戴胜也是这样的意思。”小星说。

“那我们怎么安排呢？这个事情要越快越好，不宜拖沓。”小月询问着。

“戴胜来说吧……”小星把话题交给了戴胜。

戴胜看到大家都等着自己的意见，便缓缓地开口，“我是这样觉得的，你们需要找那个第三者谈谈，首先，是如何取得与这个人的联系方式。其次，需要有人支开你们的父亲，或是找一个你们父亲没有空的时间。再者，你们需要聊什么、从何下手去聊、想要聊到什么样的效果，都需要用个文字列出来。不然到时候有的劝说方式没用到，错过了这个机会再要找机会就很难了。”

小星、小月、瑶姬三个人频频点头。

戴胜看了她们一眼，接着说道，“还有一个重要的地方，无论你们聊什么，都要保持笑容，输人不输阵，明白吗？哪怕再生气，也不能跟对方吵起来。出拳不打笑脸人，只要你们一直保持微笑的态度，哪怕她想发火，也是一个巴掌拍不响的。万一真的吵起来，这件事情日后传到你们父亲耳朵里，会对你们极为不利的，你们就等于拖累了你们的母亲。”

小月点着头，心底暗暗佩服眼前这个男人的心思，不愧大自己那么多岁，果然成熟，这是年纪修炼出来的内在，不是徒有外表的成熟。

“那我们什么时间去？”小星问小月。

“马上周末了，就周末去吧。”

“周末不行，我要考雅思。”

“那就明天。”

“明天也不行，明天晚上我要去福州，这次考试在福州，厦门没有设点。”

“你怎么回事啊？”小月不快，“那你的意思就是要下周了？事情拖那么久，早就木已成舟了，还怎么劝说？”

“我有什么办法，因为爸爸这件事情，我最近心烦得都看不进书，考前我再不拼一下的话，到时候考不到 6.5 分以上，我还怎么出国啊！”

“难道我一个人去吗？”小月反问。

“……”小星不说话了，眼神飘到了戴胜身上。

“怎么不说话了？不然你说怎么办？”小月继续追问着。

“干脆让戴胜陪你去吧……”小星开了口。

“啊？！”戴胜一惊。

“让他陪我去？”小月重复了一遍。

“是呀……戴胜，你周末有空吗？”小星问戴胜。

“有空是有空。不过，怎么会让我去？这样好吗？”戴胜不理解为什么这个棘手的事情会牵连到自己。

“因为你有空啊，还因为是你教我们怎么做的，你去的话肯定不会出什么乱子，而且你又很有经验，知道该说什么，如何去说。”小星说得头头是道。

“我哪里有经验了？我也是头一回遇到这样的事情。”戴胜无奈。

“你就当帮我一个忙吧，你知道我超想出国的，要是这次雅思没考好，又要耽搁好一阵子了。”

“那个小三不就是英国的吗？你干脆别去劝说了，就让她带你出国好了。”戴胜开玩笑地说着。

“你想死啊！”小星瞪了戴胜一眼。

“好啦，开个玩笑而已。只不过，我见都没见过那个女人，又不是你们的亲戚，这样贸然过去不太好吧。”戴胜踌躇着。

“我们也没见过啊，反正都是一起去见陌生人，是什么关系都无所谓了。你说是吧，小月？”小星转头问小月。

“嗯……”小月对这个方案表示认可。

“好吧，那我就陪你去一趟。”戴胜只好答应下来。

“好的，小星，你去想办法搞到那个女人的电话。不管你是偷翻爸爸手机还是当面问，总之你要在你走之前把号码给我，不许拖延事情的进度。”小月安排着。

“好的，我来搞定。”小星满口答应。

“来，举杯。”瑶姬说，“祝你们这次凯旋而归！”

小月、小星、戴胜、瑶姬，四个人一同举起了手上的柠檬水，四个杯子“砰”的碰在了一起。杯中的柠檬片，被这一震，震得在水中上下浮动，像极了不定的人生。

第八章
峰回路转后遇到的未必是幸福

你想过和前任他中的某一个复合吗？有多想？

活到这个年纪的我们，多少都有过几个交往对象。在这些交往对象之中，应该会有一个他让你想起来就心疼吧。你会不会很想和他复合，却不知道怎么复合。不知道他是否已经忘记了你？不知道之前分手的原因现在还存在吗？不知道他是不是已经有了新的生活？分开之后，自己也有过了几段新恋情，面对爱情、面对回忆，也诚实了许多。相比之前刚分开的时候，对他满是怨、满是恨，现在的心境淡了许多。在时间的冲刷下，有些回忆被粉饰，有些回忆被浓墨，而有些回忆则被淡漠。留下一个他，老是被自己想起：如果还在一起会是怎么样？

小月和戴胜坐在了小月家的甜品店里，等待着素云的到来。

一天前，小星通过开门见山的方式，直接和爸爸摊牌，要到了素云的电话号码，并且还把想单独和素云见面聊聊的想法告诉了爸爸，希望他能够支持。

小月事后知道小星如此直接地处理这件事，有一丝不满。她更倾向于瞒着爸爸私下沟通。她觉得小星之所以这样开门见山，其实就是怕麻烦，不愿意用心去想办法罢了。现在把这个见面公开化，就不像一个暗地的游说行动，而是像一场未来后妈与女儿的见面会，还是女儿主动邀请的。这样一来，性质就完全不同了。

无奈，事已至此，只希望等一会儿素云过来的时候，小月和戴胜能够顺利完成两个人事先安排好的劝说流程，让事态朝自己的目标近一步是一步了。

“你想吃些什么，自己随便点吧。不用客气。”小月把菜单递给了戴胜。

“哇，早知道有这样的福利，我一开始就答应了。”戴胜欢喜地接过了菜单。

小月微微钩着嘴角笑了一下，便接着喝大麦茶。此时的她实在无心说笑，因为待会儿还有一场硬仗要打。

“我可以点得多一些吗？我特别爱吃甜品。”

“可以。”小月端详着戴胜，细丝框架眼镜，柔顺的头发，饱满的喉结，怎么一个如此成熟的中年男人，在甜品面前居然一下子变成了一个大男孩。

“服务员，我要一份榴莲班戟，一份杨枝甘露，一份红豆糕，再来一杯奇异果冰沙。”

“三个人吃有点少，你再多点一个喝的吧。”小月凑过去看着菜单。

“哦。其实，刚刚那些是我点给自己的……”戴胜不好意思地说。

“哈哈！好吧。”小月笑了起来。

“不好意思，让你见笑了。见到甜品，我有点兴奋得失控。我在酒店吃自助餐也是主菜只简单吃几口，剩下的胃部空间就全部用来留给甜品。”

“真的呀？我以为只有女生才会喜欢甜品。”

“你的以为没有错。”戴胜喝了一口大麦茶，笑着说，“我是个特例。”

“好吧，那再给我一份杨枝甘露。先这样吧，等那个女人来了再点。”小月向服务生说道。

甜品很快就端了上来，眼前的这份榴莲班戟看上去十分饱满，表皮的绿色鲜艳得发光，似乎可以感受到这层表皮在口中又薄又脆的美味口感。好的班戟这层皮是重中之重，从低筋面粉和抹茶粉的比例到液态黄油的均匀搅拌再到平底锅的摊煎火候都是十分考究的。任何食物都有它好吃的一面，只是看厨师有没有能力把它烹饪出来而已。

“我们先吃吧。距离约好的见面时间还有半个小时。等她到了再吃的话，估计这个班戟已经毁掉了。”

“哈哈，那我就恭敬不如从命了。”戴胜拿起刀叉切了起来。

“你那么爱吃甜品居然也不胖，很多女生都要羡慕死了。”

“我平时除了上课都有运动。”戴胜边品尝着榴莲班戟边聊着，“你平时做什么？”

“什么都不做。”小月也叉起了一块班戟。

“什么都不做……”戴胜品味着这句话，“很有厦门本地人的特色呀。”

“哦？为什么这样说呢？”小月好奇。

“厦门本地人都是这样的，能不工作就不工作。最大的爱好就是收房租，收了房租就去打麻将，或是把钱拿去开个小店，请几个伙计帮忙打点。”

“哈哈。你对厦门本地人还真算得上是有研究呀。”

“不敢当。只是太多来培训的学生都是厦门本地人。他们偶尔聊起他们的家事基本都是这样的。”

“嗯。不过这也算是厦门本地人的一大特色吧，这有个专属名词。”小月卖着关子说。

“是吗？叫什么？”戴胜问。

“这是厦门的慢哲学。”

“收房租也叫慢哲学？”

小月瞥了戴胜一眼，“你不懂厦门人，厦门的生活是要用心静静去品味的。有很多外地人觉得厦门太过惬意，厦门人民除了花钱就是花时间。”

“哈哈哈。”戴胜大笑了起来，“除了花钱就是花时间，真是好生活呀！”

“然而，实际上不是这样的。厦门本地有那么多小吃：鸭肉粥、花生拌面、糯米炸、海蛎饼、沙茶肉串、猪脚面……这些都是那些本地人将自己家里传承下来的手艺做成小吃与大家一起分享。这些人家里大多数已经很富裕，只是怕一些技艺失传，也怕一些老主顾吃不到从前的味道，所以才每天都来开工。如果按你说的他们只是打发时间，真是太侮辱人了。”

“真的？”戴胜将信将疑。

“当然是真的了。难道你没发现现在物价飞涨，他们却罕有提价吗？”小月反问着。

“好像是哦。”戴胜在记忆中搜寻着几年前和现在的价格差。

“厦门人不是懒散，只是厦门的生活是一个慢哲学的概念。没有在厦门呆上五六年的人是体会不到的。”

“好吧。希望我再过几年会了解。”戴胜把盘里的榴莲班戟吃了个干净。

“你才来厦门不久？”

“来了几年。之前在别的大学，后来转到厦大。虽说来了几年，但在厦门一直都是上课学校、下课回家的生活，吃东西一般也都是在食堂，很少出去走动，所以了解并不多。”

“哦，这样啊。那有机会叫小星带你出去逛逛。”小月建议着。

“她？算了吧，她那么忙。呵呵。”

“哦，对了。”小月突然想到了什么似的。

“嗯？”

“那天晚上，是你和小星在海边遇到我的吧。那天真是太丢人了，我都忘记有没有冒犯到你，如果有的话还希望你多多见谅。”小月羞愧地说。

“呵呵，没事，谁没醉过，谁没为情所困过，你说是吧？”

“哈哈，到底是过来人，就是好沟通。”小月开怀地笑了。

两个人聊着没一会儿，半个小时就过去了。

小月的电话响了起来，是素云。她靠近戴胜低声道，“人来了。”

“哦。对了，她叫什么，你们还没告诉我呀。”戴胜也同样小声嘀咕着。

“素云。”

素云……戴胜在心里默念着这个名字。

小月接起了电话，“阿姨，您好。您到了吗？”

“是啊，我到了，你们在哪一桌？”

“我们在三号桌，您进来就看得到了。”小月礼貌地回答着。

“好的。”

素云走进甜品店，很英范的打扮，简单的纯色小领子T恤，一条纯绿色A字裙，没有多余的首饰，一手拎着棋盘格的LV包包，另一手提着两袋东西。

小月看到素云，连忙起身问好：“您就是素云阿姨吧？”

“是的。你是小月还是小星呢？听你们爸爸说，你们是双胞胎。”

“我是小月，小星她去福州考试了，所以就没办法来见您了。”

“哦。这样呀。真不凑巧。”

“阿姨，您快请坐吧。”小月招呼着素云坐下，“这是戴胜，我的朋友。”

“哦。你好。”素云看着戴胜，含笑点了下头。

“你好。”

“小月，第一次见面，也不知道什么东西适合你们姐妹。我刚刚在路上逛了一下，买了点东西给你跟小星。你们一人一个，不知道你喜欢不喜欢。”素云把手中两袋包裹递给了小月。

“哎呀，阿姨太客气了，就是一次聊天而已。”小月边客气着边接过了包裹，低头一看，两台最新的苹果手机，“阿姨，这个礼物太贵重，我们不方便收。”

“方便收，方便收。我同你们爸爸说过了，他已经允许了。你们不收下就是不喜欢。”素云笑呵呵地说着。

“哦，那就谢谢阿姨了。”小月表面笑盈盈的，然而心里却慌张起来。自己还未开始劝素云离开，就已经受到了糖衣炮弹的攻击，这样的礼物一收，还怎么好意思劝说人家放弃呢？真是一盘难走的棋啊。

“您看看先点什么喝的吧。”戴胜把菜单推到了素云面前。

“双皮奶吧。”

“服务员，这里加一份双皮奶。”戴胜朝着总台喊道。

“小月，你真是太漂亮了，哎呀。如果我年轻时，有这样的美貌，我该多开心呀。”素云夸赞着小月。

“阿姨，您太客气了。您的美貌已经深深迷住我爸爸，几十年之后只见了您一面就打算做那么大的一个人生改变。”

“你们还小，有些感情的东西，不是光靠外表之类的，而是两个人在一起的那种感觉。再加上时间的一次又一次的筛选，留下来的都是珍贵的。当你发现那么珍贵的东西竟然还可以重新拥有的时候，这种感触真是不知怎么去表达。你们不懂的……”

戴胜打断了素云的话，“我们当然懂了。其实，小月也不小了。您和她爸爸在一起的时候还没小月大，不是吗？”

“呵呵，这倒是。”

“所以……”戴胜接着说，“爱情是和岁月年纪无关的，是纯情感层面的。其实不是谁比较年长，谁就对爱情更有发言权。阿姨您同意吧？”

“嗯。你说得真好。”素云肯定着戴胜的观点。

“但是，生活不仅只有爱情，只有爱情那不是生活。阿姨，您觉得呢？”戴胜渐渐把话题引到了他之前和小月计划的范围里。

小月在一旁听着，心里万分佩服。倘若是她和小星来的，收了礼物之后估计接下来的场面就应付不来了。还好有戴胜在场，不然一个用心策划良久的布局就逊色成一个单纯吃吃甜品寒暄一下的见面会了。

素云也听出了其中的意思，她其实来之前就已经猜到了这次见面的目的，她完全可以理解一对双胞胎女儿即将失去父亲的心情，从而总会用一些方式进行阻止，她知道自己半路杀出来给他们原本安稳的生活非常大的冲击，她也希望这件事情可以得到良好的解决，起码把双方伤害都减到最小的状态。

素云听到戴胜这样说，自然是明白的，“是呀。生活是不仅仅只有爱情的。可是，只有爱情的那不是生活，那么只有爱情的是什么呢？”

戴胜听到这样的反问，一时怔住了。只有爱情的是什么？是柏拉图？是童话？还是根本不存在只有爱情的状态？所以根本无法给只有爱情是什么下定义，戴胜陷入了思考。

“只有爱情的，是不负责任。”小月直截了当地说。

素云看了看小月，没有说话，低头吃了口双皮奶。

小月继续说道，“听我爸爸说，您在英国无依无靠？”

“呵呵，是呀。中年丧夫对女人来说是大伤。”

“那阿姨有没有想过，如果我爸就跟您这样一走了之，我妈就是这个大伤的受害者了。”小月说得有些激动，身体已经略倾向前。“我妈多无辜呀，要为您的中年丧夫买单。您有没有想过，如果您丈夫还活着的话，您遇到了我爸，您会选择与您丈夫离婚然后同我爸在一起吗？”

“其实，有这样想法的是你爸爸，我也觉得这样不好。可是，这主意是他定的……”素云试图为自己辩解。

小月打断了素云的话：“这种事情明显是一个巴掌拍不响的，要不是您私下默许，暗地里推波助澜，我爸爸怎么可能决意离婚？您现在倒好，把责任撇得一干二净……”

“小月！”戴胜见小月越说越愤然，连忙阻止了小月。这样下去只怕双方会吵起来，一旦吵起来对小月会很不利。

素云见小月说得如此横冲，也有点不知所措，还好被戴胜制止住。

戴胜缓缓地开了口：“阿姨，您在英国过得如何？”

“就那样吧，不算坏，也好不到哪里去。”素云简单地回答。

“那么阿姨，有没有想过，搬回厦门来呢？”

“搬回来？之前是没想过，因为在英国那么久，都已经适应了，而且在这里也没有熟人，对我来说，在英国和在厦门是一样。”

戴胜微笑着说。“现在您在厦门不是有熟人了吗。您重逢了小月的爸爸。如果你搬回来，这样两个人就能够常常见面，相比您再回去英国，这里自然是好得多了，不是吗？”

“你的意思是……”素云听得有点云里雾里，不太懂得他的意思。

“我的意思是，如果您只是想和小月的爸爸在一起，那无论是在英国还是在厦门都是一样的，不是吗？不一定非要去英国。”

“嗯。这个倒是挺有道理的。”素云表示赞同，“目的是在一起，在哪里倒真的是其次。”

“另外，在一起的方式也有很多。”戴胜继续说道，“可以是朋友，可以是伙伴，当然了，也可以是夫妻。只不过，阿姨您看，如果是前两者，那是皆大欢喜的。一方面您和小月爸爸重逢了，大家都为你们开心。另一方面相比起做夫妻而言，也减少了对一个家庭的破坏。您说是吧……”

“你们的心情我都理解，我也有我的难处，希望你们也可以理解。”

“您的难处是什么呢？”小月插着话。

“阿姨不太会说话，不如你们说得头头是道。”素云顿了顿，“我现在的感觉也是左右为难。我是真的不想你爸爸为了我伤害你们和你们的妈妈。但是，我和邱峰之前真是被棒打鸳鸯，现在能够再次遇到，这是上天对我的一个恩赐。我很珍惜，也不愿错过一次，现在错过第二次。现在如果再错过的话，这辈子估计也没有第三次机会了。”

“可是您……”小月又打算插话。

“你听我说完好吗？小月。”素云打断了小月的插话，“现在人都说，爱情是自私的。这个话说得多好啊。那天我见到邱峰之后，在还没弄清楚我和他之间的误会之前，我对他的感情就已经重新燃烧起来，就想跟他表白。但是我没有这样做，因为我不够自私。毕竟之前是他抛弃了我，我现在表白，估计也是无望，还徒增他的烦恼。然而，在误会解开之后，当我知道邱峰当时是如何因为爱我而离开我的时候，我多想跟他说，和我在一起吧，我们再续前缘吧。可是我依旧忍住了，还是因为我不够自私。我考虑到他的家庭、他的事业，那一刻我就决定，有些爱，只能止于唇齿、掩于岁月。但是，我没想到他主动提出来要和我复合，要为我离婚。换做你是我，你会怎么做呢？我如果再不自私的话，我就对不起我余下的人生。”

“所以，您是下定决心要和我爸在一起了？”小月揪心地问。

“我尊重他的决定。如果他想和我在一起，再多的谩骂我也愿意承受。如果他不想和我在一起，我也绝对不会去追他挽留他。”素云的话中，听得出她的用情和她的豁然。

“可是，您有没有想过我妈妈的感受？”小月反问。

“我想过。我就是因为想过，才把决定权交给了邱峰。他让我相信他，他可以处理好这件事情。”

“这……”小月还想说些什么，却又面对素云看似完美的说辞无从下手。

“这真是看得出阿姨的苦心啊……”戴胜把话接了下去。

“哪里算得上苦心不苦心。只是，女人知道女人的难处，所以女人不应该再去为难女人。有些事情，还是听男人的吧。”素云边说边低下了头，搅动着碗里剩下不多的双皮奶。

有些事情还是听男人的吧……这样的话，听来多少有点心酸。女人总是把自己的未来、自己的幸福托付给男人，而大多数男人总是不如女人心细、不如女人负责，也不如女人甘于满足。男人都有着狩猎的本性，征服的快感往往超越拥有的快感。

女人还是需要自立自强的，不仅仅是在经济上，更是在感情上。做不到自立自强的女人就是弱者，虽然惹人同情，却难免遭到达尔文进化论的淘汰。

素云算是弱者，她面对自己的感情没有发言权，甚至放弃了发言权。她想和邱峰相守，却迫于世俗的压力，只能缄默，出让选择权给男人。面对幸福，只能被动地等待，是无奈也是失败。

小月的妈妈——颜翎，也是弱者。丈夫打算离开，自己却终日闭守在家，不愿接受事实，自己骗自己没有事情发生。她不想离婚，竟也不主动与丈夫谈判，处于受害者的位置却没有发起受害者该有的抗议。虽说可怜，不过可怜之人必有可恨之处，她的性格导致了邱峰敢抛开父亲的责任、丈夫的责任、老板的责任，随心而去。

而男人呢？男人在情感上做决定，会思前虑后的极少。他们给情感打分的基础，往往基于几周之前如何，或是几个月之前如何，甚少想到几年之前如何、十几年前如何。

当爱情发生的那一秒，究竟谁能来保护我，因为下一秒，整个世界已经天翻地覆。

当小月和戴胜在为游说素云而僵持不下的时候，小星已经到了福州。陪她同去的还有阿哲。考前的下午，他们在三坊七巷打发着时间。三坊七巷是福州南后街两旁从北到南依次排列的十条坊巷的简称，向西三片称为“坊”，向东七条称为“巷”。这片街区是中国十大历史文化名街之一，里面的建筑物都是古色古香的，浓重的中国风韵笼罩着这片街区。

“多谢你请假陪我来福州，不然我肯定闷死了。”小星对阿哲说。

“这没什么，反正那个工作我也厌倦了。我也想出国继续学画，就当来了解了解行程好了。”

“真的？你也要出国？你打算去哪个国家？”

“英国吧。”阿哲回答得很干脆。

“是因为我要去英国你才选英国的吧……”小星暧昧地笑着，“你英文比我好那么多，雅思对你肯定很容易的。你报名了吗？”

“嗯。报名了。”

“什么？！你居然瞒着我偷偷报了名？”小星大惊，“你不要告诉我是跟我同一场吧。”

“哦。本来是有这样的打算，后来想再多复习一下，就选择了月末那场。”

“哇。你是真的在迷恋我呀。”小星自恋地感慨着。

“你还真是大言不惭啊。我是去读书的，又不是什么为爱走天涯，不要傻了。”

“哦，那就好，我去国外泡帅哥，你可不许妨碍我。”小星调皮地说着。

“你……”阿哲对眼前的这个女生真是无力招架。

"还有，你考试我可不会陪你过来哦。我很忙的。"

"你怎么这么没心没肺啊。"阿哲无奈地摇了摇头。

"我家最近发生那么多事情，我有时间当然都要花在家人身上了。"小星辩解着。

"好吧。"阿哲是说不过小星的，然而他就喜欢这种被吃定的感觉，想来自己也是挺贱的，"对了，你爸妈现在是什么状况啊？"

"不太了解。她们下午在开圆桌会议，我可不敢打电话回去问结果，十有八九是被拿来当出气筒。"

"唉。真没想到这种台湾八点档的剧情会发生在你们家里。"阿哲略带玩笑的口气说道，"该不会过一阵子又爆料出你和你姐姐其实不是你爸的骨肉吧……"

"你给我住嘴哦。这种事情怎么可以拿来说笑的。"小星瞪了阿哲一眼。

阿哲耸了耸肩，闭上了嘴。

"你们男人真是很贱。我爸都年过半百，已经五十知天命了，还要去追寻自己当年的幸福，真是很崩溃。生活难道比不过爱情吗？"

"话不能这样说。如果换做是我，多年之后，你要是告诉我，你需要我，我绝对抛开那时的一切，回到你身边。"阿哲看着前方信誓旦旦地说，仿佛在看未来一样。

"那么肉麻的话，你非要动不动就信手拈来吗？我会想吐的。"小星用手肘撞了阿哲一下，那种很哥们似的撞。

"打个比方吧，我会像个港口，随时等你回来停留。"

"你还有完没完啊，这话题到此结束。我饿了，我们找地方吃饭吧。”小星虽然嘴上一直表示很嫌弃，心里还是感动了一下。不过她不愿正视这样的感动，因为她不想被感动。感动证明还是有爱，可她不愿再相信爱情，而不愿相信爱情的根本在于她不愿相信男人……

晚饭后，小月在厨房洗碗，邱峰坐在客厅里，一边有心无心地看着电视，一边烧水准备泡茶。这是素云闯入他们生活后，邱峰第一次在家里吃晚饭，他本想通过这个机会和颜翎好好地谈一谈。颜翎在知道此事之后就再没有和他说过话，他连道歉的机会都没有，他希望可以和颜翎平心静气地沟通，可却总是连颜翎的面都见不到。此刻，他在客厅里泡着茶，并望了望通往二楼的楼梯，这个楼梯他已经好多天没有走过了。楼梯之上，颜翎是在房间，还是在外边，他无从得知。

“小月……”邱峰喊着。

“怎么啦？”小月闻声从厨房里走出来。

“过来喝点茶。”

“什么茶？”小月问道，“我最近胃不怎么好，不能喝生茶和绿茶的。”

“正山小种。”

“哦，那倒可以。”小月在沙发上坐下。

“你妈妈呢？在楼上吗？怎么不下来吃饭？”

“我不知道。她有时候在，有时候不在，她都不怎么和我们说话了。”

“怎么会这样……”邱峰听到小月这样说，还是不免心中浮起一丝担忧。

“你还有资格问，还不都是你。”小月捏着茶杯边缘，慢慢地把茶端了起来。

“我是你爸，你怎么用这种口气和我说话。”邱峰脸上闪过一丝不满。

小月不做声了。

邱峰见女儿不说话，便语重心长地说：“无论什么样的状况，我都是你们的父亲。无论在哪里，无论和谁在一起，只要你们有事，我会第一时间出现在你们身边。”

“可是，你却把我们的家给拆散了。”

“我那么疼你们，你们能不能站在我的角度为我想一想？”邱峰见女儿对自己不理解感觉非常失望。

“你都已经那么老了，什么都有了，为什么还那么不满足呢？”

“就是因为那么老了，素云这个人，无论我想或是不想，下辈子都不可能再遇到了……”邱峰说到这里的时候哽咽了一下。

小月没想到爸爸会有这样的情绪出现，一时间不知说什么才好。

“我和她本应该这一生都在一起的，但是因为我的过错，导致两个人的错过。现在我们只剩下最多几十年的时间，只剩下几十年的时间了。如果再不能在一起，死生便不复相见了。”

小月看着爸爸，没想到一个年过半百的男子，竟然会用情如此之深，她心里突然酸酸的，这种酸楚感的起由是心疼吧，不知道是为了爸爸还是为了自己还是为了爱情。倘若今生有一个男子能如爸爸一般对自己的话，估计今生无憾了吧。

"可是，妈妈怎么办呢？"

"唉。这就是为难的地方了。我一直想跟她好好地谈一次话，结果……"邱峰边说边摇着头。"真没想到她会这样，我以为她会闹会吵，起码会有点什么反应，没想到她竟然一言不发，直接熟视无睹。这下我是真的不知道该怎么办了……"

"你不要想让我去劝妈妈，这是绝对不可能的。"小月清晰地表明了立场。"我最多只能做到谅解你，但是不要想我和你统一战线来说服妈妈同意离婚。"

"那你下次见到你妈的时候，能不能帮我告诉她，这里的一切我都不要，你们我不带走，店我也不带走，房子我也不带走，钱我也不带走。只要她同意和我离婚，我什么都不要，只要她能让我走……"

"你滚！滚！"颜翎出现在楼梯上，指着邱峰大吼。

邱峰话还没说完，听到楼梯上传来吼叫，闻声望去，只见颜翎站在楼梯上。几天的时间她似乎变了一个人，变得苍老了，变得有一种阴郁的绝望。他看着她一时间哑口无言。

"你以为我是贪图你的房？贪图你的钱？你以为你跟那个女人因为钱的关系没能在一起，所以我和你能在一起就是因为钱吗？你的良心被狗吃了吗？好啊，既然你那么想走，你就走啊，马上给我滚，我拦你的话我就不姓颜！"

"我不是这个意思……"邱峰试图解释着。

"滚！"颜翎扯着嗓子大叫，叫声中听得出一丝的哭腔。

邱峰起身穿鞋，二话不说出了门，"砰"的一声重重的关门声之后，留在房间里的只剩死寂，让人窒息的死寂，让人毛骨悚然的死寂。

小月低着头默默地收拾着爸爸走后留下的茶具，刚刚还是烫得难以拿捏的杯子，这一会儿就已经凉透了。这就是人们常说的人走茶凉吗？小月不敢去看妈妈是不是还站在楼梯那儿，也不敢与她有眼神接触，她可以想象得到那将会是一种怎样的幽怨的眼神。此时，她到底是应该上前安慰还是不要再去打扰，小月犹豫着。

颜翎走到茶几旁，倒了杯水，用一种浓重鼻腔的声音，压抑着情绪问小月："晚饭吃过了吗？"

"嗯……"小月点点头，声音轻得自己都快要听不到了。

"小星呢？"颜翎摇摇摆摆地走到沙发后面，打开了风扇。

"她去福州考雅思了，不知道什么时候回来，要看口语是安排在当天下午还是隔天。"小月尽量把小星的事情说得详细，希望可以借此转移妈妈刚刚对爸爸发火的注意力。

"店里最近还好吗？"

小月把茶具都收拾好了，拿着布擦拭着茶几，"还可以吧。"

"你爸爸他还有去吗？"颜翎努力控制着即将崩溃的情绪，她这些天一直躲在房间里，就是一直和这样的情绪做抗争。一想说点什么话，情绪就抑制不住，通过眼泪不自主地喷发出来。哭完了，情绪又开始慢慢地叠加起来，等待着下一次的崩溃。就如同活火山，积累到爆发了，岩浆流了出来，山里面的熔浆又接着波澜再起，永无止境。

"有的。妈妈，你要不要吃点什么？我给你做点面汤吧？"小月心疼地看着妈妈。

颜翎摇了摇手，“那个女人，你们见过了吗？”

小月点了下头。

“小月，你说我们今后可怎么办呀？”颜翎虽然压抑着情绪，可是眼泪却控制不住地流了下来。

“妈……”小月不知说什么好。

“不然，你们跟爸爸都走吧，小星不是也想去英国吗，我们把店关了。”颜翎摸着小月的头发，看着自己的女儿，几十年前，她还是那么小丁点，现在都已经要伸手才能够到头发了。

“那怎么可以？几十年的店，怎么可以说关就关？那我们都走了，你怎么办呢？”

“我？我……我不知道，我不想活了……”颜翎小声地抽泣着，紧紧皱着眉头，生怕一个不小心就在女儿面前大哭起来。

“妈妈，你不要这样好不好？”小月也哭了出来。

颜翎身子一软，眼前一黑，整个人倒了下去。

“妈！”小月大喊。

万家灯火的夜晚，幸福家庭与不幸家庭的比例是多少？幸福都是一个模样的吗？而不幸真的千形百态吗？那幸福与不幸的界定是什么？幸福是完美吗？那还有多少家庭称得上是幸福的呢？如果幸福不是完美，那么幸福中少了哪一种成分仍不会沦为不幸呢？

颜翎醒来的时候，已经在医院里了。她睁开眼睛，一个陌生的房间，陌生的床，陌生的空气，她看了看匐在床边睡着有个人。

“小月……”颜翎摸着小月的头发。

小月抬起头，揉了揉眼睛，“你醒来了啊，妈。”

“我住院了？”

“是啊，你晕倒了。我就叫了救护车把你送来了。我通知小星了，她把口试放弃了，正在赶回来的路上。”

“唉，真是的……”颜翎似乎对小星没有参加口试很不满，不过现在她也没有力气生气，便不再多说。

“你想喝点水吗？”

“不想喝。”颜翎环顾了一下四周，“你爸爸呢？”

“我没通知他，我怕你见了他又动气。医生说，你贫血了，还心律不齐，不能激动的。”小月解释着。

“你打个电话跟他说吧，我想知道，他知道我病倒了会是怎样的反应。”

“好吧。”小月帮妈妈把被子整了整，站起了身。“那我出去给爸爸打个电话。”

邱峰接到小月的电话后，第一时间飞奔到了医院。他没想到自己昨晚离开之后竟然发生了这么大的事情，对颜翎更是愧疚，对自己也满是自责。

病房在小月打完电话之后不久，多了一个邱峰。

“你……你还好吗？”邱峰在床边看着颜翎竟一时间说不出话来，吞吞吐吐了半天，居然只是一个简单的问候。

“……”颜翎把头转向窗外不语。

她是开心的，虽然之前快气死了，可是现在邱峰出现了，她便不是那么生气了。不过，她不想表现出来，因为她想邱峰为她再多担忧些，这样自己在他心中的分量就更重些，便可以赢了素云，那邱峰就不会离婚了。

“你饿吗？我去买点粥？你不是最爱吃小米粥吗？”邱峰关切地问。

“我没胃口，不想吃。”颜翎用冷冰冰的语气拒绝了。

“医生说了是什么病了吗？很严重吗？”

“心脏不好，估计很严重，还要开刀吧。”颜翎故意把自己的病说得很重。

小月在一旁削着苹果，听到妈妈这样说，愣了一下。不过很快就明白了妈妈的意思，于是便不作声地继续削着苹果。

“这……”邱峰眉头紧锁。

叮叮叮……

邱峰的手机有信息进来，他拿出来瞄了一眼，简单回了一下。

颜翎转过头不看邱峰，发信息的人是素云，又是那个女人……

“妈，吃个苹果吧。”小月把削好的苹果递给颜翎。

颜翎接过苹果，轻轻咬了一口，抬起头看了邱峰一眼。这时邱峰也看着她，两个人四目相对，一时间有许多复杂的情绪融合在这样的目光交接中，难以言绘。

邱峰先避开了交接的目光，“我去问问熟人，看看这个病要吃些什么才比较好，身子是要养好的。”

颜翎没有说话，默默吃着苹果，她还在想着邱峰刚刚看手机的事情。

“我先去走廊打个电话问问，你等一下。”邱峰转身出了病房。

刚刚那个信息是素云的，素云看到邱峰如此匆忙地跑出来，皮包都忘记拿，就为邱峰送到了医院来，发信息就是为了知道邱峰是在医院哪层。她本想再带些水果或是补品来看望颜翎的，不过想到这种时候送再多的东西，对方也是不可能领情的。没想到事情竟然恶化到这样的地步，颜翎住进了医院，这都是因自己而起的。想到这些，素云心里实在不好受。此刻，她正在楼层询问着医生关于颜翎病情的事项。

邱峰在走廊上一边打着电话问朋友这种病如何调养，一边寻觅着素云的踪迹。

素云看到邱峰朝他挥了挥手，走了过去。

邱峰挂了电话，迎了上来："辛苦你了，帮我把包送来。"

"阿三，你这话说得生分了好多，我不喜欢你这么客气。"素云把包放到了邱峰手中。

"你先回去吧，不要让小月看到了，不然颜翎又该受什么打击了。她现在病情的非常糟糕，估计马上要做手术了。"

"手术？"素云迟疑了一下，这个病情怎么与自己刚才和医生询问的不大一样。

"真没想到会变成这样！"邱峰语气中听得出相当自责。

"你要不要去问一下医生具体情况？"素云小心翼翼地说着，怕邱峰以为自己是在揭露一些真相，"我也挺关心的，所以刚才问了一下，好像和你了解的不太一样。"

邱峰看了素云一眼，一丝疑虑闪过心头，"你先回去吧，我再在这里呆一会儿。"

素云安静地离开了。目送走素云之后，邱峰转身朝护士台走去。

经过一番详细的询问，邱峰才相信颜翎的病不需要手术，也不是什么非常严重得需要长期住院的病。不过，的确是遭受了打击，情绪极不稳定，还有心律不齐加上贫血，都是需要调养的。

不过，人都是有所谓的心理落差的。比如有的病情，本来很严重的状况，只是轻描淡写地带过，被发现很严重的时候，担心就是好几倍的。相反，如果把一般的状况说成非常严重的话，被揭穿之时，哪怕这个病情的一般状况已经很令人忧愁了，此时也只会反感胜过担心。

颜翎此刻在邱峰眼里就是这样。

邱峰走进了病房，环顾了一下病房的环境。“这里晚上空调温度会不会太低？如果不习惯就早点回家吧。”

颜翎听到这话一阵不快，自己刚刚说了需要手术，他都没仔细听，一下子就忘记了。

“没办法，还得观察看什么时候手术。”颜翎有气无力地说。

“是吗？那等你要做手术的时候，再让小月打电话来通知我吧。我走了。”

“我真是瞎了眼，竟然和一个绝情鬼生活了几十年。”颜翎冷冷地讽刺道。

“我才是瞎了眼，连你什么时候开始学会骗人都不知道。”邱峰还击着。

“你……”

“我怎么了？你自己需不需要动手术你心里清楚得很。”

颜翎一下子无言以对了。她没想到邱峰那么快就拆穿了自己的谎言，其实自己也不想骗他。这个谎言的目的只是希望老公能够对自己重视一点，好一些。这都需要用谎言来得到，真是悲哀。

“你好好躺着吧，我走了。小月，你照顾好妈妈。”邱峰转身准备离开病房，他不想再面对颜翎的谎言。

颜翎望着邱峰远去的背影，从前熟悉的背影如今却这样的陌生，这个男人就这样走了？真的走了？自己也就这样让他走了？颜翎的情绪又一下子沸腾了起来。

“你站住……”颜翎朝邱峰喊道。

邱峰停顿了一下，伫立了几秒，又迈步往前，拉开病房的门。

“站住……”颜翎又喊了一遍，声音沙哑且带着硬忍的哭腔。

邱峰深呼了一口气，手仍扶在门上，背对着颜翎站了稍许，慢慢把门合上。他回到了颜翎的床边，看着颜翎，注视着她的双眼，那里有泪水的印迹，不过此刻的泪水打动不了邱峰，反而更让他厌恶。

“闹够了吗？”邱峰用硬生生的口气说道。

颜翎没想到邱峰会说出这样的话来，眼睛里充满了惊讶与失望。这个男人真是变了，男人变了心，原来这么可怕，一点以前的影子都寻觅不到了，无情与冷淡之余，除了陌生还是陌生。

“你说什么……”颜翎的心揪着痛。

“我不想重复了，你安静休息吧。”邱峰把眼神瞥向窗外。

“我闹够了吗……你觉得我是想闹的吗？前一个晚上还和我恩爱的人，还打算和我一起变老的人，第二个晚上就来和我说离婚。你觉得是我想闹的吗？为了离婚，店不要了，女儿不要了。说什么全留给我，只要能离开就好。难道你觉得我的闹，就是用店、用女儿来牵绊你、阻碍你吗？”

“……”邱峰张了张口，本想说些什么，却又咽了下去。

“当年刚结婚的时候，你没有工作，打算自己开店，我怀着身孕和你一起凑钱，一起选地址，忙装修。等店开好了，我也生下了小月和小星。那时候店刚开，事情特别多，你成天都在店里。孩子都是我一个人带的，孩子学会了叫爸爸，却认不得爸爸。我有过怨言吗？我有闹过吗？你还记得为什么要取名叫小月和小星吗？”

邱峰重重叹了口气，点了点头，眼神仍望着窗外，只不过眼皮偶尔的抖动，似乎每一个抖动都是回忆的闪过。

“你说的，一个叫月一个叫星，就是要给我整个夜晚的天空，每天都有月亮和星星。你说你摘不下天上的月亮和星星，就让两个宝宝代替月亮和星星一直陪着我们。”颜翎说着说着开始哽咽了起来，“男人都是这样的吗？话可以说得要多漂亮有多漂亮，根本不去管落空的一天对听的人而言有多伤心吗？之前你常常说，我们能在一起，能有双胞胎的宝宝，这一切都是缘分。然而，如今缘分居然是用来解释为什么你突然不爱我的缘由。”

邱峰眉头深锁，双手十字叉在胸前，低头不语。

“你还记得我妈妈去世之前，你在她的病床前答应过她好好照顾我一辈子吗？你也叫了她十几年的‘妈’了吧，对我的承诺不能兑现，就连对老人家的承诺也是说说而已吗？”

回忆，二十几年的回忆。点滴，两个人的点滴，在这个病房里弥漫开来。这个病房太小，装不下他们的回忆和点滴。回忆和点滴太满，把这个房间的空气都挤得寥寥无几。一种被回忆和点滴侵袭得快要窒息的感觉，连呼吸都小心翼翼的，不敢大声。

“还记得那时候你骑着自行车带我逛中山公园吗？在公园里那个超大的地球雕塑前跪着向我求婚吗？你估计都不记得了吧。你记得的可能只剩下，数年之后那个地球雕塑被拆了，近几年重建的时候，你看着它说，真是不如以前美了。有些东西感觉没了就怎么看都不对味，我在你眼中就是那个地球雕塑吧……”

邱峰仍旧没有看颜翎一眼，不过他不再望着窗外，而是将眼睛闭了起来，这样看似纹丝不动的外表下，内心的情绪是波澜起伏的吧。

“你还记得我们每年过节都要去拍一张两寸的黑白照片吗？还记得小月和小星第一次晚归，我们在床上翻来覆去睡不着吗？还记得你说你喜欢吃水饺，我就特别去买书来学着做吗？还有我们的结婚纪念日，不提前嘱咐，你无一例外地忘记。还有你不喜欢洗袜子，我就这样为你洗了几十年……”

有泪划过，在颜翎的脸上，在邱峰的脸上，也在小月的脸上。

“我这些天，没有出现在你面前，是因为我在学着过没有你的日子。尽管我努力让自己不要太挂念着你，但是在巴黎春天商场里时，想着你冬天的外套该买新的了；在中山路的沙茶肉串摊前想到那次为了吃肉串我们排了一个多小时的队；在SM广场时想到在这里给你买的剃须刀和已经关掉的那个不知名的花店；在莲花的小路时想到很多次饭后与你从莲花三村沿着莲花公园一直走到莲坂的天桥。对不起，我又开始矫情了。”

此时的邱峰早已泪如雨下……

颜翎此时也是不停地抽泣，她依旧没有开口劝说邱峰留下，也没有埋怨素云。她只是哭……

“爸……”小星擦了眼泪，她什么时候来到病房的没有人知道，也不知道她是何时站在那里，“不要走了，好不好？”

“你怎么回来了？”邱峰对小星的出现十分困惑，“你不是在福州考雅思吗？”

小星摇了摇头，“听到妈妈住院，我就赶回来了。你也赶过来了，不是吗？你还是有心的，对不对？”

“……”邱峰低头不语，他把泪擦拭干净，他不想让女儿看到自己流泪的样子。

“爸爸……”小月也开了口，却只叫了声爸爸，便不知道说什么了。情绪太多，难免一时间不知先说什么才好。

邱峰张开了双臂，将两个女儿搂在怀里，泪水又再次不受控制地默默滑了出来。

许久的拥抱过后，邱峰抬起头，看着小月和小星，抚摸着她们的头发，“给我点时间，我去想想怎么和素云解释，好吗？”

这，是转变，她们的爸爸又回来了。母女三人听到这话的时候，心里的激动与开心是不可言喻的。

只不过这样的感动多少有点可悲。一个男人的背叛，背叛之后的回头，竟然可以让人开心成这样子，这就是所谓的迷途知返、浪子回头？

几日过后，一辆的士在成功大道上向机场奔驰着，里面坐着素云和邱峰。

“阿三，你可以让我靠一下吗？”

“嗯。”邱峰虽然迟疑了一下，却还是答应了。

素云就这样安静地靠在邱峰的肩头，闭上了眼睛，享受着这短暂且久违的幸福。

只不过，谁都未曾想到，这样一闭眼之后却再也没有睁开。

的士转弯撞上了一辆货车，邱峰和素云，死了……

第九章
那么短的梦里，竟然也有你

如果……

不存在没有说过如果的人，因为每个人都会说如果，从而证明每个人都有得不到的东西。这似乎是一个循环。

如果永远年轻，如果爱情恒温，如果金钱不再是考验，如果没有离别……

离别是让人真实起来的镜子，生离死别，有些人没有死别却生离了，而生离和死别哪个更令人伤心？设身处地的一想，心都揪了起来。如果生离与死别可以选择，你宁愿选择哪个？

如果的后面承接了我们太多的条件状语从句，如果就像一个杠杆，我在这头努力，梦想在那头闪耀。只不过，我们有的时候一辈子都找不到翘起梦想的那个支点，如果可以找到支点……

邱峰死亡的噩耗震惊了这个家，颜翎再度晕厥过去。

当她好不容易从病床上醒来的时候，全身无力，目光涣散，口中囔囔地念着，我好恨呀……我好恨呀……

“妈，你怎么了，你要挺住啊。”小月没有泪水，泪水早已经哭尽，只剩下哭红的眼眶。

“妈，你恨什么你就说吧，说出来就不那么难过了。”小星说。

“我恨……我恨素云……”颜翎空洞的目光投在病房冷漠的天花板上，痴痴地念着，泪水堆满了整个眼眶，仿佛一晃动就会溃堤。

颜翎终于说出了“恨”这个字。她之前从未对素云有过怨恨，哪怕素云就要把自己的丈夫带走的时候，她埋怨的也不是第三者而是邱峰。然而此时，她却恨透了素云。是她的出现，是她的一系列事情，才害得邱峰出了车祸。她恨素云，恨她毁了他。

“其实，他们没有死。他们是去了英国对不对？”颜翎转过头看着小月和小星，泪水渐渐溢了出来。

“妈……”小月担忧着，“你这是怎么了……你别这样……”

此时的颜翎宁愿邱峰是和素云一起去了英国，也不愿意接受邱峰死亡的事实。

“你告诉我嘛，你告诉我。其实他们是走了，不是死了，好不好？”泪流满面的颜翎紧紧抓着小月的手臂，不停晃动着，恳求小月告诉她这一切不是真的。

“妈。他们是死了，那个抢人老公的女人也一起死了。爸死得冤，但是那个女人死得不冤。”小星在一旁说着。

颜翎抹了抹脸颊上的泪，把头转向另一边，闭上了眼睛：“早知道结局是这样，我宁可他是和她走了，起码他可以活着，可以过得好好的。只要他活得好，在不在我身边，我已经不介意了。为什么还要让他死啊……”

“妈……”小月反抓着颜翎的手臂，难过地埋下头。

邱峰的死，对小月和小星两姐妹的打击不亚于颜翎，她们姐妹也几近崩溃。原本快要渡过婚姻劫难的家庭，却遭遇更悲惨的不幸。这时候四口之家本应该在家里其乐融融，母女三人却在医院里，伤心欲绝地准备为亲人披麻戴孝。

六月对邱家来说，是一个发生翻天覆地变化的月份。余生的日子再多，估计也忘记不了这一刻的骤变。

家里出了这样的事，小月和小星连毕业典礼都没有去。瑶姬来探望的时候，顺便把小月的毕业证给带来了。一向情感言论头头是道的瑶姬，从出现在病房到离开，一共说了不超过五句话。

瑶姬带来了一大束花，没有华丽的包装，没有花篮的陪衬。花不是康乃馨、百合之类的，而是马蹄莲，超大一束的马蹄莲。

瑶姬从头到尾除了打招呼，说的唯一一句有内容的话就是，“阿姨，这马蹄莲的花语是永结同心，你们哪怕阴阳相隔也仍是永结同心。”

小月不知道这样的话对妈妈来说是不是具有安慰效果，但是起码妈妈是微笑着收下了这一大束花。

小星的毕业证是戴胜带来的，而戴胜的探望礼物和瑶姬的相比，真是成人味得多。除了盒装的海产品干货，还有一只杀好的土鸡，是同安那里的农家自己养的。

"你何必这么客气？这样一来，我妈会以为你是我男朋友的。"小星看着戴胜带来的东西说。

"呵呵。"戴胜简单地一笑而过。

戴胜做了简单的自我介绍后，就开始和颜翎聊了起来，聊一些自己来厦门工作时的琐事，聊小星的学业以及去英国以后的发展方向。颜翎听着这些平常家事，也开始愿意说些话了。她跟戴胜说着小月和小星童年的事情，说一些两姐妹的趣事。只不过颜翎说着说着又难过起来，戴胜见状便不再接话，称自己有事先走了。

小星送戴胜出门，颜翎果真问小月，"这个男老师和小星是在恋爱吗？"

"没有吧……"小月随便应付着。

"哦。如果是以前，我可能会觉得这个男人年纪大了点。不过，现在倒是对这样的男人挺放心的，因为能够照顾好你们。如果他们两个能成，家里倒也是有个可以担当的男人了。"颜翎认真地说。

小月从妈妈的口气中听得出，妈妈对戴胜十分满意。可是转念一想，妈妈满意也没用，小星这种朝三暮四的性格，哪怕现在是和戴胜交往，也很快就时过境迁。说到时过境迁，小月心中想起了阿哲。

"怎么没见到阿哲过来呢？"小月装作若无其事地问小星。

"他去福州考雅思了。他怕自己被外界影响，就提前一周去适应环境。"小星答。

"他也去考雅思？"

小星点了点头，"他也打算去英国，申请了我那个学校。"

"为了你？"小月大惊。对于阿哲，之前和他发生了那样的事情，虽然现在两个人已经确定没有可能了，不过一想到他，小月还是有些难以割舍。

“为他自己吧。”小星平静地说。

小月不信，那么多的国家去哪里不是进修？就算是同一个国家也不需要到同一个学校吧？这种动力，再多的掩饰也不会令人信服。小月真是羡慕小星，这样的时候如果有一个男人在自己身后做依靠，自己该有多幸福。

“我去问下医生，妈妈的病情如何，还要住院多久，好安排爸爸的丧事。”小月起身出了病房。

小月在走廊的另一头找到了主治医师，这个主治医师叫延子睿。

“延医生。”小月拍了下子睿的肩膀。

“是你呀。我还以为是谁呢，不是和你说叫我子睿就好了吗？”

小月腼腆地笑了一下，“在医院里直接叫名字不好吧，别人都是叫你医生的。”

“你和别人不一样，你是美女。你就直接叫我名字吧。”

“……”小月从腼腆转为害羞，“那个，我妈妈什么时候可以出院？接下来还要忙我爸的丧事，老往医院跑也不方便。”

“你家的状况你妈妈已以跟我说了。如果很着急的话，就明天安排检查，观察一下，后天就让你们出院。检查报告出来后，我会给你电话，你来找我拿就行了。”

“好啊，那麻烦你了。”小月稍稍鞠了下躬，表示感谢。

“不麻烦。弄到了美女的电话，走点程序是应该的。”子睿笑呵呵地说。

小月看着子睿，玩世不恭的态度有点托比的影子。没有托比帅，但也是令人舒服的长相。口气比托比更多了一分痞气，和医生这样一个职业显得有点格格不入。简单地说，就是一个带着痞气的帅哥医生。

当小月再次见到子睿的时候，已经是一个月后。而在这一个月里，小月面临的各种压力和选择令她心烦不已。当看到子睿的电话响起的时候，小月的念头居然是，还好是子睿。终于有一个电话，不会给自己很大的压力。这也就是为什么她会答应和子睿出来坐一坐的缘故。

夏末明媚的下午，子睿和小月约在 RE-CAFE 咖啡店。这是一家北欧风格的社区咖啡店，店里纯白的装潢风格搭配着环保的绿色植物，在各种琳琅满目的咖啡店中也算是独树一帜。有时候简约风格不仅仅可以令人视觉舒服，也可以缓解压力。

“说说你这个月怎么不开心啦，连医院的报告都不来拿。”子睿把颜翎的检查报告递给了小月。

小月接过报告，翻了翻便装进背包里，“不是你说没什么大碍吗？所以我就把这个事情给延后了。”

“也把我们的见面给延后了。”子睿接着话。

小月低头笑了笑，任何一个女生被帅哥逗着的时候，害羞之余，开心总是难免的。

“我真的太忙了，很抱歉啊。”小月说。

“说说你都忙些什么呢？”

“主要还是我爸爸的丧事。”

“节哀呀。”子睿淡淡地说。

小月努了努嘴：“跟你们医生说这种生老病死真是自讨没趣，你们都习以为常了，或许已经不觉得这是个大事了。”

“还好吧，别人我是不晓得。我个人而言，做了医生之后对这些事情已经有点精神抗体了。”子睿坦诚地说道。

小月低头喝了口冰沙，不接话了。一想到父亲的事情，小月的情绪依旧会飘过一阵阴霾。

“不可能只是一件事情就把你累垮的吧，还有别的什么烦心的事情就都说出来吧。”子睿继续聊着小月过去一个月的事情。

“还有就是我家的甜品店。”小月放下手中的冰沙，“第一次感受到事业的压力。管一家店原来那么累，真是佩服我爸，可以一个人独当一面。”

“所以你打算接手你家的店了？那你今后的人生可要被这个店牵绊住了。”

“……”小月还没想到那么远，一下子听到“今后”二字，整个人有点懵住了。

“小月，你真的想清楚了吗？这可就意味着你没办法做你想要做的工作，没办法过你大学时幻想的上班生活。虽然做个小老板娘也不赖，不过，这是你要的吗？”

小月沉思了一会儿，“我不知道……不过我妹妹要出国读书，家里就剩下我一个人。如果我不接手的话，这个店就要关门。但是，这个店绝对不能关，因为这是我爸妈的店，是他们的心血。”

“那你可能需要好好规划一下了。我毕竟是个局外人，不了解你们家的生意，也不方便说些什么。”子睿注视着小月，眼神里流露出一丝怜惜，“总而言之，我希望你一切安好。”

“谢谢你。”

“真的吗？”

“啊？”小月不懂子睿这句话的突兀。“这有什么假的吗？”

“如果是真的话，就表示你认可了我对你的好，你愿意接受我的关心。”

“所以呢？”小月还是不明白子睿想表达什么。

“所以，我很开心。”子睿笑着说。

小月被子睿的话绕得有点晕。

“看来最近不开心的事情压得你喘不过气来，就没有比较开心的事情吗？”子睿问。

“开心的事情……”小月思索着，“有一个不知道算不算。”

“哦？”子睿好奇却依旧顽皮地问，“是因为认识我吗？”

小月又好气又好笑地摇了摇头：“你还真是把什么好事都扯到自己身上。”

子睿大笑起来。

“是我和我妹妹的关系。”小月往后靠在纯白色的椅背上，若有所思地说，“这一两年，我和她的关系一直不算融洽。”

“为什么？”

“因为男人。”小月说出这句话后自己都无奈地苦笑了一下。

“都是儿女情长、英雄气短的同类呀。”子睿感慨道。

“不过，经过这一个多月我妈住院、我爸去世，我们姐妹的关系一瞬间变得很紧密。男人再重要，爱情再宝贵，都不如亲情珍贵。只不过亲情我们时刻都拥有，却往往被我们忽略，所以才会觉得亲情不如爱情重要。”

“是这样的。”子睿赞同道，“我们常会忽略空气对我们的重要、水对我们的重要。然而等你发现没水了、没空气了，才会发现原来空气和水对我们的重要性。人都是这样，只有失去才会明白重要。”

小月点了点头。

“看你还是心情很不好的样子，我知道有个办法可以有效地治疗情绪低落。”

“说来听听。”

“吃好吃的。”子睿得意地笑着，“我带你去吃小吃吧，一下子吃个好几种，心情很快就会好起来的。”

“小吃我可是很精通的，绝对不会比你知道的少。我可是厦门小吃老饕。”小月自信地说，“被你说得我突然好想吃虾面。”

“那就去中山路的新厦虾面吧。吃完了，可以接着吃个女人街口的海蛎炸饼。”子睿提议。

“好啊！你去排队等海蛎炸饼的时候，我去思西烤肉里买两份沙茶肉串和面包吧。”小月兴奋地说。

“那我可以多要个鸡翅吗？”子睿装出可怜巴巴的样子。

“那你得陪我再拐进女人街里去吃个春卷。”

“没问题！你吃几个我陪你吃几个。之后剩下吃甜品了。”子睿说着眼睛都放光了。吃货遇到吃货，总是有一种相见恨晚的共鸣。

“陈佳甜品的西米露！”两个人异口同声地喊了起来。

旁边的客人投来诧异的目光，但是完全不影响小月和子睿的情绪。

“太完美了！正好走成一个圈，一点多余的回头路都没走！”子睿惊呼。

“我们买单吧。我要给我的胃留着空间装小吃呢。”小月脸上的快乐掩饰不住。厦门的小吃就是有这样的魔力，一种迅速拉近两个人关系的魔力。

说到魔力，很多人都会相信双胞胎直接会有一种特有的魔力，一种类似心灵感应的东西。比如一个头痛，另一个也感同身受；一个遇到灾难，另一个也会有预感。然而，这些在小月和小星身上很是罕见。但此刻，她们之间的确出现了一种默契。这个默契表现为，小星突然间也想吃小吃了。

阿哲陪着小星来到了湖滨四里的沙茶面摊前，还没有到正式晚饭的时间就已经开始排队了，小星望着人群不禁微微皱了下眉。

阿哲将小星的一举一动看在眼里，便顺势问道，“小星，你想吃什么，我去帮你点，你先找个位置坐下吧。”

“豆腐、猪血、鱿鱼，还有大肠，要沙茶的，但是不要加面。”小星流利地说。

“好的。等我一下。”阿哲其实不需要问小星想要什么，因为小星每次过来都是这些不变的点法，而第一次之后他就已经记在心里了。

一会儿功夫，阿哲就端着两份沙茶面过来。沙茶面要好吃，其妙处在于汤头。沙茶的汤头需要选用上等的虾头，经过拌盐腌制几个月的时间，再磨细，将虾酱、蒜头酱按先后顺序加入沸油炸透，冷却了之后，再加入五香粉、咖喱粉、辣椒粉、芝麻等佐料制成。由于每个店的调配比例不同，所以每家店的口味也就各有千秋。这是一种时间沉淀下来的食物，一锅沙茶汤，记录着厦门的昨天。

“阿哲，你的雅思到底考了几分呀？”小星边问边将碗里的猪血用筷子分成一小块一小块的。

“你老问这个干嘛？反正我会等你考过了再一起走的。”阿哲夹了一小撮面，吹着热气。

“我不打算考了。”小星答。

“啊？！”阿哲一愣，随即当做没事发生地说，“这个玩笑很无聊，下次换个新的。”

“我很认真的。我就是不打算去了。”小星一副压根没打算出国的态度。

“你开什么玩笑！”阿哲生气了，“不就是雅思没考成，需要赌气成这样吗？拿前途开玩笑是非常幼稚的。你难道忘记你多么想出国学美术吗？”

“我不是赌气。”小星边吃着分成小块的猪血边说，“我是没办法出国了。我家现在只剩下我妈妈，而妈妈又病了。现在我离开的话，姐姐一个人怎么能照顾好妈妈呢？”

“可是你又不是不回来，就是去学两年啊。”阿哲劝说着，把自己碗里的煎蛋分成蛋黄和蛋白，把蛋黄的部分夹给了小星，因为他知道小星只吃蛋黄。

“两年，那这两年里，姐姐既要照顾妈妈的身体，还要照顾我们家的店，她还要生活的呀。她需要恋爱，我不能为了去追求我的梦想，让姐姐为我的未来买单。这才是不成熟的。”

“小星，你可以去和小月沟通，我相信小月会支持你的。”阿哲为小星觉得惋惜，“你真是很有天赋，你比我还需要出国进修，你会成为一个真正的画家的。”

“是吗？其实我从没想过做画家。”小星冷静地说，“我以前画画是为了不想上课，后来画画是为了想做中国的宫崎骏。画着画着就觉得做不做宫崎骏也无所谓了，更多时候画画只是为了释放我的情绪，释放我的喜怒哀乐。现在画画对我而言，又变成了很私人的范畴了。既然是为了宣泄而画画，我觉得我现在的功力足够了。”

“你这些话跟戴胜讨论过吗？还是这就是他给你灌输的思想？”阿哲不明白小星为何一下子转变如此之大。

小星摇了摇头，低头喝了口沙茶汤。“没有，你是第一个知道的。我家人都还不知道。不过，我相信如果我不走的话，她们会很高兴的。因为我们都怕了，怕经历离别。”

“……”阿哲不知道该说些什么。他没有经历过小星所承受的家庭变故，他不明白这个对她的影响力有多大，所以他保持沉默。

“阿哲，现在你可以说你到底雅思考了几分吗？”小星向阿哲眨着眼睛。

“6.5 分。”

“哇，那么厉害，我果然没看错你。你太棒了！”小星为阿哲欢呼着。

阿哲是应该高兴的，第一次考试就拿到那么高的分数，不过在听说了小星不去英国之后，怎么也提不劲来。

噼里啪啦，噼里啪啦。突然一阵暴雨下了起来，淋湿了整个厦门。这就是厦门的夏季，原本天气挺好的，却莫名地下起一阵大雨，好像压抑了很久，需要一泄而光。就像一个人开心的时候，偶尔会突然闪过一丝哀愁的情绪，像极了阿桑的一句歌词：狂欢，是一群人的孤单。

“我送你回家吧。”

阿哲对小星说。

“我送你回家吧。”

子睿对小月说。

四个人在家楼下相遇。

“延医生……”小星先开了口，语气中充满了惊讶。

“我去找子睿拿妈妈的检查报告。”小月解释道。

“检查报告呀，明白，明白，完全明白。”小星的话虽如此，但是嘴角的那一抹诡笑是藏不住的。

“阿哲，好久不见啊。”小月朝阿哲打了个招呼。上次小月偷龙转凤地和阿哲共眠之后，这是第一次见面，尴尬的成分多少还是有的。如今一见，小月还是对阿哲略有情愫，但是如今这样的情愫只有两个发展方向，一种是等它慢慢的耗淡，另一种是藏一辈子。小月控制着自己不让这样的情愫再表露出来，因为不能也不应该了，没有意义。

“这是延医生，这是阿哲。”小星为两个男人热情地做着介绍。

阿哲朝子睿微笑地点了点头，子睿也微笑着伸出手，和阿哲握了一下。

“好了，我要和小月上去了，雨那么大，你们也赶紧回去吧。”小星将小月拉到身旁。

“小月，那我先走了，我们短信联系吧。拜拜。”子睿朝小月挥了挥手。

“那我也先走了。”阿哲也告别了。

小星和小月目送着两个男人离开了之后，挤在一把伞下垫着脚尖跑进了楼里。上次两姐妹同挤在伞下是什么时候，已经记不清了。几个月前？几年前？竟然一点记忆都没有。

还没进家门就已经听到从家里传出来的说笑声。

小月和小星对视了一眼，两个人眼中都充满着不可思议。

“我有没有听错呀？”小星低声道。

“是我们家吧？”小月犹豫着。

“听，是妈妈的笑声。妈妈居然在客厅里，还在说笑？”小星压低嗓子说道，“她终于走出阴霾地带啦？”

小月使了个眼色，示意小星先上去看看究竟，偷偷看一下是谁在家里和妈妈说笑。

小星边走边喊:“妈，我和小月回来了，快开门。你和谁在家里啊，走廊都听到你的声音了。”

小月差点没被气晕过去，她是让小星不动声色地过去看看什么状况，不要打扰妈妈难得的高兴。这下好了，完全和初衷相悖，她觉得小星脑子里的水过多，早知道是这样直接敲门，自己刚刚还使什么眼色啊。

小月和小星进了家门，鞋柜旁多了一双男人的鞋子。小月往客厅里看了看，沙发上正坐着一个男人。小月正困惑着这个陌生的背影是谁的时候，小星开口了。

“老师？”

“你回来啦。”戴胜从沙发上转过身来，和小星打着招呼。

“你看你们两个，下了雨才肯回来，戴老师特别帮你把画从画室带回来，说你出国申请学校会用到。”颜翎边教训着小星，边把伞从小星的手里接了过来。

“老师，你怎么来了也不说一声，至少给我个电话吧，这样我多不好意思。”

“我正好路过，心想你在不在都没关系，反正我放了画就准备走了。谁知道突然下了大雨，你妈妈就留我喝茶。”戴胜说。

“谢谢你。不过，我已经不打算出国了。”小星在沙发上坐下。

“啊？为什么？”戴胜、颜翎、小月异口同声道。

小星早料到他们会是这样的反应，便十分冷静地帮自己倒了一杯茶，喝了一小口润了润喉咙，慢慢说道：“理由有四个。第一，家里变故太大，我想多留在家人身边。第二，店里的生意，我觉得小月搞不定，我有义务留下来帮忙。第三，我不打算做画家了，所以出国学画也就意义不大了。第四呢，好像说完了，没有第四了。”

“为什么突然不想当画家了呢？”戴胜问。

“说来话长，不说也罢。”小星一副满不在乎的态度。

“什么叫我搞不定店里，你是在质疑我的能力吗？难道你留下来就能帮得上忙吗？”小月在一旁愤愤然。

“我不在，你就只能尽心尽力，而我在的话呢，我们就可以同心协力。你说有差别吗？”小星反问道。

“你……”小月从来就没有说赢过小星，“不和你说了，反正你的事情和我无关。”

戴胜依旧不相信自己的耳朵：“那你之前的心血就这样付诸东流吗？你有那么好的天赋，就这样放弃了？”

“我可以做美术老师，教小朋友画画其实挺好的，或者接点美术设计之类的零活。”小星答。

“你一下这样，一下那样，明显就是没有想好，武断地下决定会令你将来后悔的！”戴胜不忍心看着自己的得意门生就这样湮灭了，而且还是以自尽的方式。

“你不懂，你总是以老师的立场去想我的问题。我和你沟通不了。”

“不许这样和老师说话！”颜翎打断了小星，厉色地训斥，“怎么会那么没家教，老师说这些都是为你好，要是无所谓的话何必要说那么多。”

小星头一转，眼神一瞥，不再说话了。

“我先走了，打扰了。”戴胜往门口的鞋柜走去。

“真是麻烦你了，小星总是这样没规没矩的，你不要放在心上。”颜翎随着戴胜走到门口，朝客厅里喊了句：“小星快过来送老师。”

小星虽然心里不愉快，但还是走到了门边送戴胜。

“小星，你想好了再做决定，无论什么样的决定，我们都会支持你的，但是这个决定必须是你深思熟虑过的，懂吗？”戴胜语重心长地说。

小星不语，勉强地点了点头。

戴胜转头向一旁的小月说道：“小月，之前在医院的时候，我看你精神不振的样子，所以我特别画了一幅油画送给你，和小星的画放在一起。是抽象派的，不知道你喜不喜欢。画是淡绿、淡蓝色系的，有助于你放松心灵。”

小月受宠若惊。她完全没有想到戴胜会专门为自己画一幅画，而且还那么细心地用画来帮助自己解压。

惊讶的不只小月，还有小星。然而，小星一下就察觉到了事情的蹊跷，她之前就奇怪为什么戴胜常常去医院看妈妈，戴胜只是老师的身份，对自己家里的好有点过头了。当时还觉得莫不是戴胜喜欢上了妈妈，现在看来是醉翁之意不在酒。小星的目光扫了小月一下，看小月一脸木讷的样子，八成是没悟出戴胜的心意。

“谢谢你。”小月支支吾吾地说。

戴胜给了她一个微笑，离开了邱家。

戴胜刚走，颜翎正准备询问小星为什么突然决定不出国学画的事情，不料小星抢先一步，拉着小月往楼上跑，“快跟我上楼，我有话问你。”

小月一脸困惑地任由小星抓上了楼，先是戴胜后是小星，这到底是怎么一回事，小月实在想不通。

小星鬼鬼祟祟地关上了门，在床边坐下，盯着小月好一会儿。

“你干嘛这样看着我？你到底想说什么？”小月不解。

“你果然是个蠢货，我真是没看错你。”小星自言自语道。

“你找死啊。”

“也比你的不解风情好，戴胜喜欢你，你都看不出来？”

小月大惊，眼睛瞬间睁大了许多。

“快和我说说，你是怎么迷倒他的？”小星饶有兴致地问。

“他怎么会喜欢我呢？我和他都没怎么说话。而且，他第一次见我，我不是在海边酒醉发疯吗？”

“也是，你的确没什么可被喜欢的。”小星琢磨着，“那他为什么送画给你呢？我从来没见他为谁画过画。”

小月听小星这么一说，心里不快起来：“什么叫我没什么可被喜欢的？我哪里比你差了？就许别人喜欢你，不许有人喜欢我吗？”说这句话的时候，小月脑中闪过阿哲的面孔。

“不对。他肯定是喜欢你，不然为什么老往我们家跑，估计就是为了多和你见几面。”

“……”小月不接话了。她心里有一种很难分辨的情绪，是欢喜吗？又不太像，虽然戴胜不是自己喜欢的类型，但并不讨厌。有人追自己，毕竟是好事，哪个女生不喜欢被男生追求呢？

“我下楼找下他的画，看看他到底画了什么，你等着我。”小星屁颠屁颠地跑下了楼。

叮叮叮……

一个短信铃声响起，小月随手拿起一看，是托比！托比？这个人怎么消失了那么长的一段时间后，突然又出现了。她还以为上次争吵完，两个人就彻底散了，他又想来干嘛？小月看着手机，眉头紧皱。

小月输了屏幕密码，竟发现密码错误。怎么会密码错误？自己没有更改过密码啊。

这时候小月突然意识到，这个手机，不是自己的，是小星的。

小月感觉仿佛有人拿着钵往她的脑后拍了下去，她的耳边都是轰的声音，她傻了。托比是自己的前任男友，现在托比居然和小星有交集，小星刚刚是和阿哲在一起，自己又和阿哲有过性关系，而小星此刻正在楼下拿油画，画油画的戴胜喜欢着自己……她顿时觉得头好痛，她有一种要窒息的感觉，这样杂乱的情感关系使她透不过气来了。

这时候，小星推门进来。小月恶狠狠地瞪着小星，她有太多话想要骂出口，但是这些问题的归结点又不全在小星身上，自己又凭什么去骂她呢？

"小月，你干嘛这样看着我？"小星被小月瞪得有点害怕。

"这是你的手机，托比给你发信息了。"小月把手机甩到小星面前。

"……"小星迅速拿起手机放进口袋。

"你怎么可以和托比……他是我前任啊！"小月的语气充满了愤恨和不解。

"你也说了是前任啊，就是已经分了。已经分了还有什么不可以的。"小星嘴上故作轻松地说着，心里却是虚虚的。

"你这是什么态度，我是你姐姐，你居然用这种口气和我说话。"小月不满。

"你不要以为你比我早几分钟出生，就老是用姐姐的身份来压我。我不觉得我有说错什么。”小星为自己辩解着。

“托比是个烂人，他被包养你知道吗？”

“我不觉得被包养就是烂人。”小星反驳着，“反正我想要的他能给，他想要的我也能给，皆大欢喜。”

“你能给？你能给什么？不就是和他上床吗？”小月嘲讽着。

“关你什么事。”小星被激怒了。

“这的确不关我的事情。但是，你这样做，对得起阿哲吗？”

“为什么你每次和我吵架最后都要把阿哲牵扯进来。我已经说过无数次了，我是姜太公钓鱼，阿哲是愿者上钩。他倘若要走，我绝对不拦。我也从没说要给他什么未来，但他就是喜欢我，我说一，他不敢说二。我想吃冰淇淋，他不敢买冰棒。你嫉妒吗？你也就只有嫉妒的份儿。但是你不能因为得不到他，就老是迁怒于我。”

阿哲的确是小月的软肋，小月恼羞成怒，火气越来越大。“啪”的一声，小月甩了小星一个巴掌，“你等着堕你的第二次胎吧！”

小星怔住了，她没想到小月竟然知道自己堕胎的事情，还打了自己一巴掌。小星捂着脸，瞪着小月，手往门外一指，狠狠地吐出了一个字。

“滚！”

小月摔门而出。

小月跑出了家，外头雨还在淅淅沥沥地下着。她拐进了附近的一家奶茶店，打算避一避雨。

“小月？”戴胜叫道。

“你怎么在这里？”小月很意外戴胜还在附近，“你不是已经走了好一会儿了吗？”

“是呀。不过，雨太大，就打算在这里等雨停。你呢？你怎么跑出来了？”

“唉……”小月不知道如何开口。

“和小星吵架了？”

小月点了下头。

“你们刚刚不是还挺好的吗？怎么变脸像变天一样啊。”

“真是一言难尽，我都不知道该不该说。”小月心烦得很。

“说说咯，反正雨还那么大，哪儿都去不了，就当故事听一听。”戴胜微微地笑着，这微笑好像暖阳一般，给这个烦躁的雨天带来些许晴朗。

小月喝了口奶茶，开始叙述刚才戴胜走之后发生的一切。

家里，颜翎走上楼，往小星的房间里看了看。她看到小星坐在床边摆弄着手机。

“怎么又和姐姐吵架了？”颜翎问。

“不是我要和她吵，是她先挑起的。我总不能不还击吧。”小星没好气地说。

“唉，现在家里就剩下我们母女三个了，没必要为了一点小事情就起冲突。”

“我知道了，妈。”小星不想再听妈妈的唠叨。

“那你出国的事情呢？真的打算放弃了？”

小星低着头看手机，没有回答。

“不出就不出吧，留在厦门也挺好的。如果你真的走了，哪怕只是几年的时间，我也会很舍不得。你现在已经是大人了，很多事情可以自己做决定，妈妈不懂这些，也不能给你什么建议。你自己的人生，是应该由你自己做主的。”

“妈妈，我知道了。”小星看到妈妈如此通情达理，不免心中一阵感动，“妈妈，你想不想喝果汁，我去榨些水果来喝，顺便还可以拿果渣敷个面膜。”

“行啊，多弄点，等小月回来也可以喝。”颜翎转身下了楼。

家门口的奶茶店里，戴胜静静听完了小月的牢骚，一言不发地看着小月。

“所以，第一次在海边见你，你喝醉也是为了那个叫阿哲的男人？”戴胜问道。

小月叹了口气，点了点头。

“上天真是对你们两个姐妹不好，让你们经历了那么多波折，听得我都心疼了。”戴胜感慨着。

“命吧……只能说是命了。”小月无奈地耸耸肩。

“我们换位思考一下，如果有一个人像阿哲对待小星那样对你好，可惜你也像小星一样对那个人不来电，那你是不是会接受他呢？”

小月不语，她思考着这个问题，非常认真地思考着。如果真的这样角色互换了，自己会如何呢？

会和那个人在一起吗？毕竟好久没人对自己好了，有个对自己好的人是应该要珍惜的吧。可是，那不是爱情啊。自己一路跌跌撞撞却仍旧不肯放弃追寻就是为了找到爱情，难道就这样放弃了吗？

“我不觉得我会遇到这样的一个人，所以我拒绝回答。”小月开了口。她不知道怎么回答这个问题，最好的办法就是直接否认了这个问题的真实性。

戴胜注视着小月，说：“你会遇到的，希望你可以现在开始想答案……”

窗外的雨，不知什么时候已经停了。

第十章
离开，是因为还相信爱

二十来岁的恋情最难，谁没有点过去，既没有十七八岁，花季雨季初恋的纯白如纸，可以爱得义无反顾，爱得毫无保留；也没有三十多岁而立之年的淡然处之，明白自己要的是什么，面对已失去和得不到，渐渐地看开看淡。活到二十来岁的人，时而感觉年岁不复，心境亦不复，不是为赋新词强说愁的造作，而是真的发现，旧爱与旧憎愈来愈少，新欢与新恨也无心再添。

二十来岁的恋情最难，不是难在恋情本身，而是难在这个年龄段的坎。夜深之时，便总难免有些不知名的情绪跑出来、闪过去，或欢喜，竟无人分享；或悲伤，却无人诉说。

二十来岁的人，是继续前行，在追求爱情的路上累积伤害，在遍体鳞伤之前找到真爱？还是停止脚步，不想再受伤了，找个凑合的人把婚一结，去过类似爱情的日子？

生活总是二选一……

“摩卡是要冰的还是热的？”咖啡厅的年轻老板娘问道。

“冰的吧……”小月回答。

“多了个‘吧’字哦。冰的就是冰的，多了个‘吧’字就说明其实你在挣扎。”子睿在旁边逗趣着说。

“你的医学范围已经扩展到了心理医生了吗？”

子睿一脸得意，他知道小月这话不真的是疑问，所以他也就不回答了，转头向老板娘说道：“我要冰的伯爵奶茶。”

“好的，一杯冰摩卡、一杯冰伯爵。”老板娘重复着，“那这些餐具您还需要吗？不需要的话，我就先给您撤了。”

小月和子睿一起点了点头。

待老板娘撤走餐具，小月低声伏在子睿旁边说，“这家亚提拉咖啡馆的菜够品质吧？这可不是一般人知道的店。”

子睿喝了口柠檬水，向小月投出了赞同的目光。“刚才主菜鸡腿肉的味道真是特别，不知道怎么烹制的，鲜嫩之余竟还微带了一点醇香。”

“你还挺会吃的。这里的鸡腿肉是先腌制，然后加入威士忌小火慢烤，最后上桌之前特别加了迷迭香，所以你才会觉得与众不同。”

“原来刚刚那些汤汁是威士忌呀，难怪我觉得特别有感情，因为只要是酒我都爱。”子睿笑嘻嘻地说。

“这家店的老板娘就叫做亚提拉，她从不请员工，从菜到甜点再到饮品，全都是自己亲自操刀。要吃什么是需要提前打电话来预约的，不是你来了想吃什么就有什么的。特别是海鲜意大利面之类的，还需要提前一天预定，隔天一早老板娘就去菜市场买新鲜的海鲜。

这样做出来的意大利面才够味。今晚的菜也是我下午打电话预约的，够有诚意吧。”

“看来在西餐这方面，你赢我一筹。既然你带我吃了这么好吃的晚餐，这顿就由我来买单好了。”

“那不行，说好了这顿是由我做东，感谢你这段日子以来对我妈妈的照顾。你如果抢着买单，我会生气的。”小月正经地说道。

“照顾你妈妈是应该的，你不需要谢我。”

“在医院里是应该的，但是出了院，你还那么用心地帮我妈妈调理身体就是人情了。”

“算不上人情，阿姨的身体当然应该好好照顾，没准今后就不是叫阿姨，是叫岳母了呢。”子睿还是一副没正经的样子。

小月瞥了子睿一眼，“反正今后我是不想我们家人再和你有什么关联。”

“为什么？”子睿一脸委屈，“我那么善良无害。”

“和你有联系，唯一的可能就是病了，我可不想我们家人再有谁病了。”

“哈哈。那就不巧了，前些天你妹妹才联络我，让我帮她找个医生问诊。”

“你是说小星？”小月心中一惊。

“你不知道这件事？”子睿对小月的惊讶表示诧异。

小月摇了摇头，“上次你送我回家，我们到家后因为一些事情大吵了一次。之后我们就没有说话，我也没怎么过问她的事情。”

子睿若有所思地低下了头。

老板娘端上来冰的摩卡和伯爵奶茶，和小月闲聊了几句，又回到了吧台里。

子睿看到老板娘离开之后，语气沉重地问小月，“你对你妹妹的状况真的一点都不了解？”

小月看子睿面色凝重，不免担心起来，“她怎么了？”

“具体情况我不太了解。但是，她要我帮忙找问诊的医生是妇产科人流室……”

“什么？！”小月大叫，打断了子睿的话。

子睿收起了刚才嬉笑的脸孔，一脸严肃地说，“阿姨不知道不为怪，但是我以为你是知道的……”

小月没有说话，此时她早已心乱如麻。莫不是因为上次我们吵架，我最后说出的诅咒，诅咒她遭遇第二次堕胎，所以才导致她又遇到不测。但却此时发现，至少也有两个月的身孕了，那现在距离上回吵架还不足一个月，看来不是由于我的诅咒，我们吵架的时候她已经有了一个月多的身孕了。那既然如此，孩子会是谁的呢？她最近也就只有和阿哲走得比较近。

“托比！”小月失声叫了出口。

“什么？”子睿紧张地看着小月。

“没什么，没什么。”小月控制住自己的情绪，拿起了杯子，咬着吸管一点一点地吸着冰摩卡。除了阿哲，就只有托比。小星最近和托比也有过接触，莫不是真是托比种下的孽缘。小月越想越慌张，越想越肯定，使小星怀孕的男人就是托比。

晚餐结束之后，小月打电话给莫莫要托比的电话号码，因为闹翻之后，小月再次把托比的一切联络方式都删除了，现在能够有托比联络方式的人除了小星就只剩下莫莫了。

“哎哟，亲爱的，你找我什么事情呀？”莫莫一接起电话就风情万种地打着招呼。

“我想找你要托比的电话号码。”小月开门见山地说。

“啊？你没有吗？怎么会找我要呢？”莫莫不解。

“之前我们闹翻了，就没有再联系过。我觉得没有用的号码都直接删除了。”

“哦。你们之前闹翻的事情我也知道，托比有来跟我说过。我还劝他放你冷静冷静，等气消了再去找你。可是没想到，那之后没多久我就听说他回深圳了。”

“他回深圳了？”小月将莫莫的话反问了一遍。

“是的。到现在都没有回来，我身边的朋友想约他喝酒都没机会。”

托比去了深圳到现在都没有回来，去深圳肯定是被那个老女人带走的吧，他果然没办法拒绝物质的诱惑。小月心中掠过一丝哀愁。但是听到托比一直不在厦门，小月对小星怀孕的愤怒似乎少了一些，这样就证明小星的孩子不是托比的。如果孩子不是托比的，那又会是谁的呢？小月陷入了沉思。

莫莫见电话那头的小月没有回话，便提醒着小月，“亲爱的，托比的电话号码你还要不要啊？”

“算了，不需要了。既然他不在厦门就用不着了。”小月挂下了电话。

不一会儿，莫莫的短信出现了，里面的一串数字映入眼帘，下面写着：这是托比的电话号码，存下占不了多少手机内存的。

小月对着短信无奈地笑了笑，占着手机的内存自然是无关紧要的，就怕又重新占据了回忆的内存。小月对着莫莫的这条信息按下了删除键。

小星回家了，刚进房间，小月就走了进去。

“有什么事情吗？”小星冷冰冰地问。

“我知道你去找子睿打听人流的事情了。”小月把门关上直接说道。

小星扭过头不说话。

“上次是阿哲的，这次又是哪个男人的？”小月厉声问。

小星背对着小月依旧不吭声。

“你现在是怎么回事，好好的一个女生，怎么把自己搞成这样？”小月生气地责备着小星。见小星仍旧背对自己，伸手用力抓住小星的肩膀把她转向自己。

这时她才发现，小星竟哭成了一个泪人。

小月看到妹妹哭成这样，一下子慌了，搂住小星安慰道，“不要哭，不要哭。有了孩子，我们打掉就是了。你如果不想打掉的话，我们就去把那个男人找出来。”

小星哭得说不出话，只能无助地一直摇着头。

“你别这样，你这样要是被妈妈发现可该怎么办？她现在受不了任何刺激的，我们不能让她发现。快，别哭了。”小月帮小星擦着眼泪。

“我也不知道我怎么会变成这样，我也好难受啊。”小星边哭边囔囔地说。

“你到底怎么了，快告诉我，不要吓姐姐。”

“我也不想变成现在这样，我也不想啊，可是我没办法……”小星委屈地说，“我上一个孩子其实不是阿哲的。”

“啊？”小月大惊，“这一切到底是怎么回事呀？”

“我爱上了一个叫刘幸的男人，他对我真的很好，我好爱他，是要死掉的那种爱。可惜因为一些事情，我们不适合，所以分手了。分手的时候，我好恨他，好恨、好恨。但是我却发现我有了他的孩子，我想打掉这个孩子，所以我就骗阿哲这个孩子是他的，让他陪我去打胎。”

“那之后呢？”小月急切地问。

“之后，我发现自己还是很爱刘幸，可惜他有了新的女友。他和我说，他也很惦记着我，所以我们又旧情复燃了。起码我认为是旧情复燃。但是，他有女友，他觉得他女友很适合他，可心里又放不下我……”

“男人都是这样，你竟然也相信。”小月打断了小星的话。

小星被小月一说，又大哭了起来。

小月摸着小星的肩膀，“为这种男人哭是最不值得的。接下来呢？”

“接下来，我就一直和他保持着肉体关系。我又回到最初很爱他的感觉，可是我知道没办法和他在一起，所以我就找不同的男人来打发时间，只要我一想他，我就找男人出来陪我散心。”

“那你为什么要找不同的男人呢？找固定的一个不可以吗？”小月十分困惑。

“没用的。只是一个男人的话，根本就比不过刘幸。要许多许多男人加在一起的分量才勉强能够和他的分量平衡。不然天秤永远都是倾向刘幸那端的，根本就起不来。”

“唉……”小月重重地叹了一口气，她没有料到妹妹经历着那么痛苦的感情纠葛，而自己却全然不知，真不是一个尽职的姐姐。

“我心里一直觉得，等有一天刘幸跟他现任女友分手了，我就会是他的新一任女友。可是……”小星又抽泣起来。

“可是什么呀？”小月焦急地问。

“可是，我前阵子知道他分手了，居然立马又有了一个新女友。他又有了新的女友！不是我，他没有找我！他明明说过最放不下我的，因为舍不得我才背着他的女友和我暗地里在一起，而现在他却找了新的女友！我等了他那么久，我为了他不交男朋友，别人都说我很乱，我一律当作没听到。我想他是能够懂我的，可是现在发现一切都是我太傻了！”小星终于控制不住，彻底崩溃地大哭起来。

小月也跟着伤心起来，泪水也忍不住滑落了：“好了，好了，不哭了。都过去了，现在看清楚不就好了吗？”

“那天，我太难过了，去酒吧喝酒，喝醉后就和一个陌生人回了家，就是那一次之后怀的孕。我好难过啊……”小星抱着小月痛哭。

“你确定怀孕了吗？你去医院检查了吗？”小月关心着小星的身体。

小星摇了摇头，“我是用验孕棒。”

"明早我陪你去一趟医院，如果确定怀孕了，我就立马打电话给子睿让他帮忙找人流的医生。你今晚好好睡觉，什么都不要想了。有姐姐在，知道吗？"

小星擦着眼泪默默点着头。

第二天一大早，小月就带着小星去了医院，挂号、排队、验尿、等待报告……

小星实在无心处理这些事情，都是小月跑前跑后地为小星张罗着。

"你没怀孕！"小月看着验孕单，强忍着兴奋。

小星不可思议地睁大了眼睛，仿佛黑暗中看见了光明一点点地将自己照亮，把所有的黑暗都赶走了。

"你没怀孕，这是真的。"小月脸上露出激动的笑容。

小星一把拿过验孕单，自己仔细地看了一遍又一遍。转身含着泪水，一把将小月搂住，眼泪止不住地流下来，不过这次的泪水是高兴的。

小月让小星稍作休息，她去找子睿，三个人中午吃顿好的，庆祝一下。

"我要去吃石山，厦门只有那里的日本料理是怀石料理。"小星心情大好，仿佛要吃到过瘾、吃到撑以弥补自己这些天的忧虑。

"受不了你，没点出息。"小月用指头戳了一下小星的额头。

小月来到子睿的科室，找到了子睿。

"你怎么会来这里呢？"子睿看到小月十分惊讶，不过惊讶之余更多的是惊喜。

小月刚要张口说话，子睿就打断了小月，“什么都不用说了，我懂。你太想我了，所以特别来医院看我是不是？”

“不是。”小月受不了子睿时不时瞎表白的自信，“我是来约你吃午饭的。”

“不仅想我，还要约我吃饭呀。”子睿乐得开怀。

旁边的同事们起哄着。

“子睿，好福气呀，有个那么漂亮的女朋友。”

“子睿，你小子保密工作够厉害的啊，交往多久啦？”

“子睿，中午去吃什么呀，带点回来犒劳我们，不然不要怪我们把你的丑事全说了。”

小月在子睿同事的起哄之下显得格外尴尬，整个脸瞬间红了。

“好说好说。等结婚的时候你们红包够朋友就行。”子睿一边应付着同事，一边把小月领出了办公室，因为他察觉出小月已经害羞得不行了。子睿看着小月红通通的脸庞，心想这时候如果摸下去的话，一定很热很烫。

“我同事都那样，你别放在心上。”子睿开口道。

小月不作声，低下头不想让子睿太近看自己，发现自己红着的脸。

“我中午没那么快下班，你们先过去吧，把地址发给我，我下了班立刻过去。”

小月点了点头，“小星还在等我，我先去找她。你到时候注意查收短信。”说完便转身跑开了。

子睿看着小月离去的背影，心里美滋滋的。

夏夜对于厦门来说是一个美妙的时分，若隐若现的男男女女，一拨一拨的来来去去，像鱼群一般在这个城市的街道上穿梭着。没有目的感，也没有时间感。他们享受这样的夜晚，就像享受爱情里的没有方向感没有时间感。

小星和阿哲在中山路的夜市里晃悠着，手里提着一袋咸桃，小星特别好吃这口——甜甜咸咸的清脆口感。由于咸桃季一年只有一度，所以小星督促自己一定要吃到足、吃到腻，这样才不会在冬天里想吃却吃不到，陷入失落的深渊。

“你打算什么时候去英国呢？”小星问阿哲。

“秋冬天吧。”

“那么早过去？”

“是啊，先过去适应一下，接触一下新环境，看看有没有当地的美术家需要实习生，过去打个下手，多学点东西。”阿哲认真地说着。

小星回味着咸桃之余，也回味着阿哲这句话。如果家里没有发生这一系列变故的话，自己面对出国会不会也和阿哲做一样的打算。

“去了英国，我最放心不下的还是你。”阿哲说这话的时候不敢看小星，而是看着熙熙攘攘的人群。

“我知道。”小星心里暖暖的。虽然天气那么热，但还是可以瞬间感受到心中涌起的那股暖意。

“我多想和你一起出国，然后我们……”

“这个 MT 店的男装很棒，我们进去看看吧。”小星打断了阿哲对未来的展望，其实她不是不想听阿哲对两个人未来的打算，而是不想听到这个打算是发生在英国，因为英国这辈子都与她绝缘了。

阿哲跟随着小星进了男装店，小星在店里将衣服一件一件地翻过去，时不时拿起一件往阿哲身上比比。一排看下来，小星手上拿了五六件衣服。

小星把这些衣服朝阿哲一递，“进去试试，这几件挺好看的。”

“那么多。”阿哲面露难色，男生对换衣服这事总是觉得麻烦，特别是像阿哲这样不喜欢打扮自己的男生，更是对逛街买衣服这事觉得头痛。

“快去吧。”小星将阿哲推进了试衣间。

不一会儿阿哲穿着小星挑选的衣服出来，对着镜子调整着衣服。

老板在一旁介绍说，“这款是前几天刚到的新货，玫瑰森林系列，设计灵感来源亨利·戴维·梭罗的《瓦尔登湖》，讲诉一个人独自在森林中的小屋生活了两年的故事。你试的这件是短袖，还有同款的背心，有兴趣套一下看看吗？”

听到这样的介绍，小星和阿哲不约而同地对望了一眼。小星惊叹道：“老板你卖个衣服还有这么深的故事背景啊。”

“见笑了。从一个人穿衣服可以看出他对感情的态度，人偶尔会隐藏他深层次的感情，但是衣服不会。衣服比人诚实。”老板呵呵地回答。

“好吧，那就要这件了。”小星觉得这个老板挺有意思的。

“好的。帅哥，你真有福气，女朋友眼光不赖哦。”老板调侃着阿哲。

“其实，我们只是朋友。”阿哲尴尬地回答道。

小星在一旁搭腔，“原来只是朋友啊，那就不挑衣服了，我从不帮朋友挑衣服的。”

阿哲听到小星这样说，心中一惊，他甚至有点不相信自己的耳朵，“你说什么？你的意思是……”

“快进去试下一件吧，有什么话等买完了衣服出去再说。”小星又把阿哲推进了试衣间。

等阿哲试完所有的衣服，把中意的买单之后，小星和阿哲走出了这家店。刚迈出店门口，阿哲就拉住小星，急迫地问，“你刚刚的话是不是暗示，我们不只是朋友？”

小星噗哧一下笑了起来：“这不是暗示，这是我的原话啊。”

“好吧。不是暗示，总之你的意思是不是……我没理解错吧……”阿哲激动得有点语无伦次。

“你先不要高兴太早，我有件事情要向你坦白，你听完了再做决定。如果你还愿意追我，那我可以考虑和你在一起。”

阿哲注视着小星，用力点着头，斯待着小星将要说的一切。

“之前我去堕胎，说那个孩子是我和你的，其实这不是真的。那个孩子是我和别人的。对不起，我利用了你。”小星终于和阿哲坦白了。

“就这样？”

“什么叫就这样，这样还不够吗？”小星对阿哲的反应有点意外，眼前这个男人的心里承受能力也太强了吧。

“你觉得我喜欢你是因为我们有过一个孩子吗？我喜欢你是喜欢你这个人，不是喜欢你为我受的伤害和牺牲。你的爱情观好奇怪。”

天啊，小星在心里惊呼，你的爱情观才奇怪吧，居然有男人不介意自己的女人堕过胎，真是个奇葩。她看着阿哲，像看着一个感情怪物。

阿哲见小星不说话，着急地问，“这就是你要说的事情吗？说完了吗？那我们可以在一起了吗？”

小星还停留在阿哲刚刚的怪异逻辑里，一时间如何不知道接什么话。

“太好了！那从现在起，我就是你邱小星的男朋友了。什么英国，什么皇家美术学院，老子不去了。我要和你分分秒秒在一起。”阿哲兴奋地大喊。

“不行！”小星没想到阿哲突然做了这样的决定，“如果你是真心爱我的话，那出国进修两年再回来找我。两年，我们认识也有两年多了吧。这两年你不是这样死心塌地地坚持下来了吗？”

“既然我们决定要在一起，为什么还要浪费这两年呢？”阿哲不解。

“因为你需要出国，你应该去做个画家，男儿不都是志在四方吗？你怎么能被儿女情长牵绊住。”

“那我一走你就反悔了怎么办？”阿哲担心着，“不如我们先结婚吧。”

结婚……结婚，这个词从未在小星的脑海里出现过。听到这两个字的时候，小星有点吓到了，刚决定交往就要结婚？

小星理了理思绪，深吸了一口气，说：“阿哲，其实我决定和你在一起，并不是我有多爱你。你明白的，如果我很爱你，一开始我就会答应你，不会拖到现在。我现在选择了你，是因为你适合，你适合做我男友，你适合和我生活。那种感觉你懂吗？就好像是任何有保质期的物品。爱情也是有保质期的，然而这个适合却不会因为时间的变化而变质的。”

阿哲不语，不是因为他默认，也不是因为他在思考，而是因为他没听懂。他现在满脑子都是和小星开始交往的兴奋感，这种兴奋感已经填满了他所有的可以使用的脑部资源，腾不出空间想别的事情。

“阿哲，倘若你在国外遇到了新的爱情，有了新的中意的女生，我也会非常开心的。因为这是你应得的，每个人都应该有一份刻骨铭心的感情经历。”小星笑了笑，继续说道，“如果你没有遇到令你心动的人，你回国后还有我在，我会在这里等你学成归来的。但是，如果你为了我放弃出国的话，我就不觉得你是那个最适合我的人了，我就不可能再跟你在一起了。”

阿哲眼神还是依旧放空的状态，但，口气却是信誓旦旦的：“总之，我出国，回来后你会和我在一起。如果不出国，你就不会和我在一起。是这样的吧？那好，你等我两年，两年之后我回来娶你。”

男人和女人的思维逻辑真是南辕北辙，一个在乎过程，一个看重结果。男人和女人永远不可能有一致的状态，最多维持和谐而已。和谐的表现形式在于，过程与结果是一个孰先孰后的关系，偏离了这个关系就只剩下争吵与那句无奈的呐喊——“你不懂我”！

小星在阿哲的臂弯下，用牙签插起了一颗咸桃，满足地咬了一大口。

小月也用牙签插起了一颗咸桃，递给了戴胜，“尝一颗吧。”

戴胜现在已经成为邱家的常客，和颜翎的话题越来越多，越来越讨颜翎的喜欢，颜翎已经把他当做半个儿子来看待。小月也喜欢戴胜常常来家里，这样妈妈也不会太寂寞。每次戴胜来了之后妈妈都会持续好心情许多天。戴胜也喜欢来邱家，因为有小月在。

戴胜接过咸桃吃了起来，“小月，你怎么今天不去店里看着呢？现在夏天生意应该很不错吧。”

“就是因为很不错，所以就不想过去了。”小月又拿了个咸桃给妈妈，“妈，你什么时候去店里吃点冰吧，你也好久没去店里了。”

“再过段时间吧，最近还不是很想出去走动。”颜翎轻轻咬了一小口咸桃，口气依旧听得出悲伤。

小月明白妈妈为什么不想去店里，也就不再继续这个话题了。

“小月，之前戴胜拿过来的画，你放在哪里了，怎么都没见你挂起来呢？”颜翎突然把注意力转移到了戴胜的画上。

“怎么？你没挂起来吗？不喜欢吗？”戴胜在一旁问道。

“不会钉钉子，所以就没挂。”小月不以为然地回答着。

颜翎淡淡叹了口气，“家里没个男人真是不行呀。”

“妈……你又来了。”小月很担心母亲的负面情绪，因为她觉得这种负面情绪一旦萌生，便会无限扩大。有些阴影一直走不出去，只会伤了自己。

“我去帮你钉吧。”戴胜自告奋勇道，“一个钉子而已，早说嘛。”

小月刚准备开口拒绝，颜翎已经在一旁说：“那就麻烦你了。小月，快把戴胜带到楼上去吧，工具箱在储物间里。”

小月只好把戴胜带上了楼，“房间比较乱，见笑了。”

“我的房间更乱，只是你没见识到。”戴胜笑着说。

小月指了指书柜旁边的墙壁，“就钉在这里吧，你觉得如何？”

戴胜表示赞同，便开始着手钉钉子。

“你看得出这幅画的内容吗？”戴胜一边钉钉子一边问道。

“有点模糊，是不是一个人的背面？”小月凝视着油画，若有所思地品味着。

“很有慧根呀，一下就发现了。”戴胜表扬了一下小月。

“好像是长发的，和我一样。”小月出神地看着油画。

“就是你。”戴胜轻轻地说。

“啊？！”小月吓到了，这画中的人居然是自己，之前看的时候竟然一点都没发觉。

“第一次见到你的印象。那时候你一个人独留在海边，就是这样的背影：孤单又无助，却不放弃。”戴胜看着自己的画，回忆着第一次见到小月时的场景。

“不要再说了，初次见面实在太丢人了。”小月恨不得将这段记忆从戴胜的记忆中抹去。

“从那时起就觉得你很特别，至少是对我而言的特别。”

小月低着头，没有说话，她明白戴胜想说的话。不过，她对戴胜似乎并没有那样的感觉。

“小月，其实你知不知道我……”

“我知道你喜欢我。”小月脱口而出。

戴胜一怔，默默地注视着小月，不知道该说些什么。

小月也安静了，空气似乎瞬间凝固住了，连尘埃的分子都静止了。两个人相视却无声。

“其实我……”小月打破了沉寂。

“我都懂。但是你还记得我问你的话吗？”戴胜的眼神里流露出一种异于平日的温柔，“如果有一个人像阿哲对待小星那样的对你，可惜你也像小星一样对那个人不来电，那你是不是会接受他。你还记得这句话吗？”

小月点点头。

“我不需要你现在给我答案，我只希望你可以开始考虑这个问题。我等你。”戴胜说这话的时候，语气里有一种男人特有的柔情。

小月被这个柔情包围着，仿佛感觉到自己正在一点点地被融化。可惜这个融化只融化了表层，只是到了表层而已，无法再深入了。为什么没连我的心一起融化掉呢，小月心里飘过一丝的遗憾。

送走戴胜之后，小星回到家里。

“刚才戴胜向我表白了。”小月对小星说。

“真的？他终于表白了？那你答应了吗？”小星看起来比小月还要激动，很多表白的情形都是旁观者比当局者还要投入的状况。

“我也不太清楚……”小月把刚才发生的一切对小星说了一遍。

小星听完了之后，沉默不语，皱着眉头，想要说些什么，却欲言又止。

“你不要一句话不说呀，好歹给我点意见吧。”

“我不知道要如何给你意见。”小星顿了顿，“我和你说，我决定要跟阿哲交往了。我觉得找一个靠谱的男人比找一个爱的男人更重要，对自己好的方式很多，不一定要拥有真爱才是对自己好。”

“可是，你不是还跟托比有来往吗？”

小星笑着摇了摇头，“托比那件事情纯粹是你误会了。他都不在厦门，我想发展也没机会发展呀。我和他联络是因为他知道了我们家的变故，通过短信的方式关心一下我们的境遇，还有你……”

“我？”小月没有料到托比居然会默默地关注自己，她以为他就这样一走了之了。

小星继续说着，不过说些什么，小月已经没在听了。她又陷入关于托比的纠结之中了。这个男人还是在意我的，可他又仍旧被包养。但是除了被包养，她也挑不出托比其他的问题。小月在自己的心里做着斗争。

七月底的厦门，懒洋洋的艳阳天。千朵万朵的凤凰花压低枝头，虽然美丽却压抑得令人喘不过气来。路上时不时有洒水车驶过，响着慵懒的车铃声，好像这个世界的一切都与它无关。这样擦肩而过的洒水车，它从哪里来，要到哪里去，无人知晓，也无人想去知晓，像极了大多数路过你生命中的人。

颜翎的药吃完了，子睿又帮着开好了药，让小月来医院取药。

小月刚出电梯就看到子睿和一个小护士在楼梯拐角处，低声说着什么。小月的好奇心萌发了，偷偷地靠了过去，打算听听他们在谈些什么。

小护士羞答答地正在向子睿表白。

“对不起，我心里已经有喜欢的人了。我一直把你当妹妹，如果让你有什么误会的话，那我们今后就尽量少接触吧。”子睿说这话的语气听得出已经尽量柔和了，但是这种话听起来还是很刺心，旁观者听了都难过，更何况是当事者。

小月正在琢磨着，子睿什么时候有了喜欢的人都没跟自己说过，这个男人有了喜欢的人还一直朝自己开那种暧昧的玩笑，真是浪子风流。但是，听闻子睿有喜欢的人，小月竟一点都不吃醋，只是有点小生气，子睿有了喜欢的人还到处跟女生殷勤打闹。这时候，小月的手机突然响了起来。

手机铃声引起了子睿和小护士的注意。小月瞄了一眼屏幕，是戴胜打来的，应该没什么重要的事情，于是连忙将手机按掉。

子睿看到小月站在拐角处慌忙处理着手机，便三言两语地打发走了那个小护士，一脸坏笑地朝小月走了过来，“你这个女人太可恨了，偷听我说话。”

“不偷听还不知道你那么受人欢迎呢，这应该不是你第一个拒绝的护士了吧？”小月嬉皮笑脸地调侃着。

“是呀。那你应该也听到我有喜欢的人了吧。”子睿说。

“听到了。”小月回答。

“那就好，既然你已经知道了，我就省得找时间特意向你表白了。现在轮到你了。”子睿轻描淡写地说。

“轮到我什么？”

“轮到你回答愿不愿意做我的女朋友啊？”子睿天外一笔地表白了。

小月一时间怔住了，瞠目结舌。

鼓浪屿一直都是外地游客对厦门的不解情结，岛上的绿树林荫，郑成功的伟岸，菽庄花园里的十二生肖假山，崎岖盘旋的石子小路，此起彼伏的音乐声。鼓浪屿上的岛民很特别，几乎每个人都会弹钢琴，却没有人会骑自行车。因为鼓浪屿是没有交通工具的，基本都是靠步行。

小月和瑶姬选了一个非节日的周末下午上了鼓浪屿，因为颜翎想吃鼓浪屿龙头路三岔口的叶氏麻糍。颜翎最近鲜有胃口吃些什么，难得点了个麻糍，小月自然是立即执行。

买好麻糍之后，小月和瑶姬在张三疯奶茶店里小坐。张三疯“三不一没有”的招牌在店门口沐浴着夏日的阳光，简单的口号倒成了这家店独特的宣传特色。

“不抽烟、不打牌、不接吻；没有表白，别走。这个写得真是很妙。”瑶姬念着招牌上的字。

“但是，表白有时候很给对方压力。”小月自言自语道。

“我都忘记了，你最近很有桃花运呀，两个男人为你着迷，一前一后地跟你表白了，自然是很有压力了。”瑶姬一边在奶茶里挑着葡萄干吃一边叽叽喳喳地说。

“可是我一点都没有开心的感觉。”小月无奈地皱着眉头。

“那你决定好了跟谁吗？”瑶姬追问。

“没有，选不出。”

“他们两个不好吗？”瑶姬转念一想，“还是你觉得他们两个都太好了，所以你都想要，于是就出现了李碧华笔下白蛇与青蛇以及张爱玲笔下红玫瑰与白玫瑰的关系。”

“不是他们好与不好的问题，而是我觉得我已经爱无能了。”

小月抬起头看了瑶姬一眼，瑶姬一脸的不明白，小月慢慢地解释道，“爱无能的本质类似于性无能，差别在于你不会爱了。你身边的人各方面都挺不错的，你可以和他们发生性关系，但是却无法爱上他们。无法爱上他们不是对方的问题，而是自己，你发现自己已经不会爱人了。真可悲。”

瑶姬看着小月，小月一脸无助的样子，脆弱得令人心疼。一个女人竟然在爱情里爱到不会爱了。这是多么伤人的一件事情！又是哪个男人终结了她爱人的本能呢？

瑶姬为小月出着点子，“实在为难的话，那就让星座帮你做决定。选个星座和自己搭调的，起码可以在今后的生活中避免很多沟通上的问题。”

小月瞥了瑶姬一眼，她特别反感瑶姬动不动就拿星座出来说事儿。好像这个世界是由星座构成的，什么都由星座起由星座灭。“我不是小星，我没办法找一个我不爱的人一起生活。我要的是爱情。如果我现在草率地和他们在一起了，数月之后，数年之后，我又遇到了一个点燃我心中爱火的人，那以我的性格，我肯定和我爸一样抛下一切跟那个人私奔。那我岂不是害了子睿或是戴胜？这样有意义吗？与其如此，我还不如单身。”

瑶姬若有所思地点了点头。

“你还记得那种喜欢到不行的感觉吗？”小月望着瑶姬，但是却不是在看她，眼神仿佛透过瑶姬看到了更远的地方。

“喜欢到不行的那种感觉是什么？”小月痴痴地说，“就是那种可以为了他，不给自己留余地，不会再让别人进入到自己的心里。

有种冲动，想好好跟他在一起，甚至一生一世。当然，一生一世这种事情，谁也说不准。但是，至少那一刻是认真的，没有一点欺骗。”

瑶姬看着小月，她低估了小月，低估了小月对爱情的坚持。眼前这个女子，并没有被爱情眷顾，身边的男人也都不曾给过她真实的幸福，她一路跌跌撞撞、一路含辛茹苦，却依然抱着对爱坚贞的决心。

小月低下了眼帘，捋了捋头发，“经历了那么多事情后，我就不信我找不到那个他爱我、我也爱他的人。我不甘心。我觉得，我还是相信爱，还是会跟自己爱的人结婚。人生就要有轰轰烈烈的时候，你爱，才去恋爱，而不去想那么多。”

“那你打算怎么处理子睿和戴胜呢？”瑶姬问。

“不爱，不能勉强。”小月真诚地说。

“既然你确定不继续的话，那还是趁早跟他们说清楚吧。不然拖久了，他们越陷越深。”瑶姬说。

小月将手机拿了出来，“还是短信说吧。拒绝的那些话，我实在没有办法当面说出口。”

小月编辑着短信，“对不起，我想了很久。你很好，可是我对你没有爱情。只有感动没有打动，这不是我要的爱情。抱歉。希望你可以找到比我更好的人。”

小月点选了戴胜和子睿的名字，一并发了过去。

“终于说清楚了。”小月吁了一口气，往椅背上一靠，双手张开伸了个懒腰，“感觉整个人轻松了好多。”

“你真执著。”瑶姬深呼吸了一下，半天吐出了这四个字。

小月笑着，她觉得好轻松，理还乱的感情终于剪断了。阳光扫进了店里，奶茶的香味此刻闻起来特别的舒服。

小月望向店外，路边的小摊贩推着车叫卖着芒果，又到芒果当道的时候了。这就是厦门，用花和水果记录时间的城市。芒果之后就该是早菊花盛开的时节了，去年就是在这个时候遇到托比的，之后紧接着一连串的木棉花开、木棉花谢，洋紫荆开、洋紫荆落，凤凰花开、凤凰花谢。花开花落的这一季，小月经历了多少人多少事，又成为了多少人多少事的经历。咸桃起，跟着杨梅、荔枝、龙眼陆续登场，最后又回到了芒果。这是一个循环，几年、几十年都不会变的循环。而人们就是在这样的循环中，渐渐长大，明白了自己要什么，也明白了渐渐长大不过是渐渐老去的一个比较好听的说法罢了。

小月双手捧着奶茶，看着剩下的大半杯奶茶在自己手中晃动着，估摸喝完的时候也将近黄昏了。自己在厦门呆了二十来年竟从未在鼓浪屿上看过夕阳西沉，总觉得在这座诗情画意的小岛上，一定得做点古老浪漫的事情才不辜负了这个小岛的盛名。只是，浪漫是属于两个人的名词，而自己却是孤身一人。

突然，一个男子轻拍了一下小月的肩膀，温柔地说：“好久不见，你也在这里。”